Helma Gerjets

AF285244

Dat Leven geiht wieder

Impressum:

       Helma Gerjets
       Dat Leven geiht wieder
       1. Auflage im August 2018

ISBN: **978 – 375 286 75 03**

Herausgeber V.i.S.P.

       Selbstverlag Helma Gerjets
       Oldenburger Straße 11
       26 835 Hesel
       04950 9877655
       herbert.gerjets@ewetel.net

Lektorrat:

       Bedankt an de Lektor!

Fotos:

       Helma Gerjets und
       Henning H. Hinrichs

Herstellung und Verlag:

       Bod – Books on Demand –
       Norderstedt

Wat in dit Book steiht:

Ik bruuk kien Hülp!

„Wat maakt wi bloot mit Oma Grete? Ik wull ja geern, dat se en Huushaltshülp kreeg. Dat will se aver nich. Se behaupt, dat se ehr Wark noch good sülfst up d´ Rieg kriggt. Se wurr richtig düll as ik ehr dat vörschloog. Daarbi meen ik dat bloot good mit ehr!"

Andrea ehr Moder Elfriede seet bi ehr un beklaag sik över ehr egen Moder. Man seeg aver good, dat bi Oma wat passeeren muß. Se weer fröher in ehr Huushollen immer so nau ween. Nu leeg daar Stoff, daar weren Flecken up Grund. Dat weer nich mehr so akuraat, as dat bi Oma immer ween harr. „Kannst du nich maal mit ehr schnacken?"

„Mama, ik trou mi nich maal recht mit mien Kinner daar hen. Ik hebb Angst, dat Malte wat find un in Mund steckt." Andrea bang üm ehr beid lütten. „Goh doch maal mit Marita hen. De kannst du up Schoot nehmen oder in ehr Maxi Cosi laten." „Dat vertell Oma man. Dat eerst, wat se fraagt is: Waarüm is Malte denn nich mit?" „Denn hest ja al glieks en Grund ehr to seggen, dat daar so veel rümliggt, wat he bruken kann un in Mund steken kann." Andrea wull sik dat överleggen.

Üm Ostern geev Oma Grete Bescheed, dat se an ehr Ogen opereert werden muss. Se harr grauen Staar. Wo schull dat bloot werden? Mussen se denn afwesselnd hen un Oma bedoon? „Nee, mit mi mööt bloot en henfohren na d´ Ogendokter. Wenn ik klaar bün, mööt ik weer afhaalt werden. Dat en Oog wurd mi verbunden, daar mööt ik mi mit schonen. Dat anner kann ik ja mit kieken. Ik bruuk denn mien Ruh in Huus. Klo un Broodschapp finn ik woll alleen un avends kann ik ok alleen in Bedd finnen. Denn mööt ik anner Dag na d´ Kontrollünnersökung. Denn is dat all erledigt."

Oma Grete wurr opereert un na en Week schnack daar nüms mehr van. Se kunn tomaal weer kieken as en Luchs! Nu reep Oma bi ehr Deern an: „Nu vertell du mi eben, waarüm ji mi nich seggt hebbt, dat dat so schidderg weer bi mi. Nu as ik weer kieken kann, seeg ik dat eerst recht. Wat bün ik doch för en Schwien ween! Andrea drüff mit Malte hier ja gar nich her: daar legen Knööp un Nötenpuul, Nadels un Geld, Kokenkrömels un all sowat up Grund. Stoff weer in all Ecken, so richtig Wullmüüs weihen daar.

Ik bün de ganz Week bloot an schummeln ween. Fraag mi nich, wo faken ik de Staubsaugerbüdel wesselt hebb. Mien Wohnen is en paar Quadraatmeter gröter wurden!" Nu wurr Oma upklärt, waarüm se en Hülp hebben schull. Dat Omas Ogen so schlecht weren, harr nüms mit rekent. Se hebbt nu aver toseggt, dat se bi Gelegenheit mit anpacken wullen. Un dat wichtigst: Oma schull drupp henwiesen werden, wenn dat maal weer so utseeg.

As eerst wull Andrea nu mit Malte un Marita na deren Uroma up Besöök.

6

Geburtsdag

Stephan´s Geburtsdag stunn bivöör. Nu maak Andrea sik Gedanken, wenner de Gratulanten kamen schullen. Se wull sik nich weer de ganz Dag oder Avend upregen. Dat geev Minschen, bi de benehmen Glückssaak weer. Andrea harr bibrocht kregen, dat man frünnelk tegenöver annern is, dat man grüsst, wenn man in en Ruum kummt, waar al well is. Ok dat man sik an de Ünnerhollung in en grötter Runn bedeeligt un nich vör sik henstarrt oder bloot mit sien Kinner schnackt. Ehr Ollen leggen daar groten Wert up.

Bi ehr geev dat en Person, daar reeg se sik al över up, wenn se de man sehn de. De weer eenfach bloot pienelk. Dat weer de Froo van ehr Schwager. Stephan un Andrea weer dat en Raadsel, wieso he de överhoopt heiraad harr. Viellicht ut Pflichtbewußtseen? Muss binaahst woll. Dat Öllst weer en Veermaantskind. He laad sik aver gern sülvst bi ehr in, wenn he hör, wat de Pott kook. Denn harr he Sittfleesch oder künnig glieks an: „Kook man wat mehr. Dat schmeckt mi ok!"

He harr doch Familie! Andrea wull hüm ok nich immer mit döör fouern. Nu weren Andrea un Stephan daarto övergohn, dat se Markus, so heet Stephans Bröör, gar nich eerst vertellen, wenn wat besünners anleeg. De Sprachlose, de Naam harr se flink weg hat, muss woll nich de best Kööksch wesen. Egentlich heet se Gunda.

Eenmaal harr se doch glatt brocht, dat se de ganze leve lange Namiddag tegen ehr egen Schwegerollen seten harr un nich en Woord mit ehr wesselt harr. Schnacken kunn se ja, aver bloot mit ehr Kinner oder wenn se verdreiht weer, kunn se ok Markus anblaffen. Stephan un Andrea frogen sik of dat Dummheit weer oder se so ahnsk weer. Se enigen sik bloot de Öllern to nögen.

De Geburtsdag weer bekannt. Well denn keem, de keem. Kook wull Andrea backen un all anner schull ok riekelk in Huus wesen. Se hopen nu dat Markus alleen keem oder ok nich.

Vielleicht lehren de beid aver noch dat dat en Benehmen geev. De Hööpnung starvt toletzt!

Terminsaken

Andrea truck ehr beid Kinner an. Se mussen na de Kinnerdoktor. Malte muss bi ehr blieven. He weer anners glieks weer schidderg. Am leevsten würr se hüm midden up Disch setten, dat he sik nich insau. Stephan un se weren aver blied, dat se twee gesunn leevhaft Kinner harren.

Nu wurr dat Tied, dat se los kemen mit ehr Sack un Pack: Wickeltasch mit Inhalt för beid muss mit un dat Ünnersökungsbook. Wat en Geschleep. Hopentlik kreeg se vör de Döör en Parkplatz.

Mit beid Kinner keem se genau pünktlich to ehr Termin an. Marita schleep un Malte gung schnurstracks in de Speeleck. Bloot woveel Volk seet daar noch in dat Wartezimmer? Dat kunn ja düren. Hopentlik hullt Marita döör. En na de anner Mama verschwund mit ehr Nawass in dat Behandlungszimmer, keem woll noch maal weer un luur weer. Ennelk wurr Andrea mit ehr Lütten upropen. Nu muss Marita ünnersööcht werden. Gewicht, Grött, Reflexe, Blood – wat de all wöten wullen. Sogaar ehr natten Windel nehmen se mit. Kunnen de daar ok ut lesen? Marita much de Doktor woll lieden un lach hüm blied an. Se fung sogaar an to vertellen. De stolte Mama kreeg blot goods to hören. Ehr lütt Deern entwickel sik good.

Nu bruuk se noch en Termin för Malte för de nächste Ünnersökung. Denn wurr dat nödig Tied, dat se na Huus kemen. Marita wuss genau, wenner ehr Mahltieden weren. De Tied nah mit groot Treden. Un weer ok noch Fieravendverkehr! Hopentlik kemen se good vöran. De Lütt wurr al unruhig. Ehr Nulli wull se nich mehr.

Wat weer dat denn för en Autofohrer? De stopp midden up Bundesstraat af. Harr de en Panne? Nee! De wull de Bus van de Parkplatz vörlaten! Kunn man dat glöven? Wat dach de sik? Achter Andrea hupen de Autos al. Marita fung al düchtiger an to blarren. Nix nütz wat. Nuckel flog in hogen Bogen ruut. Speeltüüg wull se nich. Kien Musik un good Woorden hulpen un denn noch sowat.

Andrea muss düchtig an sik hollen, dat se nich utfallend wurr. Se weer al de ganze Tied an överleggen. Dat Kennteken van dat Auto keem ehr so bekannt vör. Well weer dat mit so en merkwürdigen Fohrstil? De weren ja en Verkehrshindernis. Fehl blot de Hoot up Kopp un de Klorull up Ablage.

Nu mussen se de ganz Tied mit dat blarrend Kind in Auto achter de olle Bus an zuckeln. Överholen gung nich bi de Gegenverkehr üm disse Uhrtied. „Mama, Marita weint so? Waarüm?" „Och, mien Jung! Se hett so en Hunger. Geev ehr man noch eben weer ehr Nulli, oder viellicht speelt se ok mit dien Fingers. Dat maakt se anners doch gern. Ik seeg to, dat wi na Huus kaamt."

Nu fohr de Autofohrer nich maal 70 Stünnenkilometer. Nu blink de ok noch un wull in de Stroot, waar se wohnen.

Dat kunn nich angohn! Dat fehl ehr noch to ehr Glück! Dat Auto vör ehr weren Tant Else un Unkel Peter! Nu geev dat noch Visit. As eerst muss nu aver Marita versörgt werden. „Moin ji beiden! Dat is aver nett, dat ji uns besöökt. Ik mööt graad för Marita en Buddel maken. Se hett düchtig Hunger. Kaamt graad rin.“

Mit Jack an un Kind up Arm kook se Water, füll Melkpulver in de Buddel, goht dat warm Water up un schüddel düchtig. Jack uttrecken un Marita de Buddel geven weren bolt eens. Tomaal kunnen se ehr egen Woord weer verstdohn. „Se maakt sik al ganz mooi bemarkbaar. Harrst du de Musik ok al in Auto?“ froog Tant Else. „Jo, wi kaamt van de Kinnerdoktor. Daar mussen wi länger luren, as dat plaant weer. Na ja, un wenn se Hunger hett, hett se Hunger un dat nu un nich gliek. Ja, un wat up Stroot los weer, hebbt ji ja sehn. Keemst an kien Auto vörbi.“

Marita weer nu satt un tofree. Se harr ehr Buddel in eens rünnerschlungen. Wehe Andrea wull ehr Luft schnappen laten. Denn geev dat aver Musik. Andrea drooch ehr up Arm. Se muss noch ehr Bäuerchen maken. Wenn daar Land mit keem, dat wull se Tant Else nich andoon. De fehl de Erfohrung mit Kinner. Sülvst harren se kien. Teewater upsetten kunn se ok mit en Hand.

„Bööps! Bööps!“ un noch en Mund vull Melk achter

an. Weer ja kien Wunner. So en Hunger as dat Kind hat harr. Nu weer allens good. un se kunn in ehr Loopgitter to spelen. Dat harren Andrea un Stephan bi Malte al immer daar stohn hat, waar se weren.

„Kiek, wi wullen jo noch en Puppgeschenk bringen. Ik hebb in en Kinnerladen Goodschien holt. Du wöötst sülvst am besten, wat ji bruukt."Andrea leep rood an, as se seeg, woveel Geld daar up inbetohlt weer. Se bedank sik van Harten. „Un ik hebb blot en paar Keksen in Huus. Ji hebbt ja Glück hat, dat wi jüst weer kemen."

Na en lütt Sett gesell sik Stephan to de Runn. He freu sik över de Besöök van sien Unkel un Tant. De Beiden hullen sik nich so lang up. Na en Buddel Beer för de Mannlüü un en Likör för de Frolüü wullen se weer up Huus an. Gern leet Unkel Peter sik van Stephan ruut winken. He muss rügels up Stroot.

Avends na´t Eten vertell Andrea van ehr Beleevnis van ünnerwegens un Unkel Peters Fohrstil. „Ik weer so blied, dat ik an mi hollen hebb un Malte nich allens breuhwarm wieder vertellen kunn. Dat harr wat geven! So empfindlich as de sünd. Man markt dat se nich mehr de Jüngsten sünd."

Andrea un Stephan murken sik nu ok, dat dat beter weer, genau to överleggen, wat se seggen. Denn: Lütt Pött hebbt ok Ohren! Weer ditmaal noch good gohn.

Jeder kriggt kien Schellens!

Marita weer nu sowat teihn Week old. Dat wurr Tied, dat se döfft wurr. Ehr mooi rosa Kleed luur un lang drüff dat nich mehr liggen, denn weer Püppi daar ruut wussen. Andrea maak en Dööptermin mit de Pastoor af.

Se harr al glieks dat Stammbook un de Patenschien van Stephans beste Fründ Frank mitnohmen. He wohn in en anner Karkengemeend. Tina, ehr beste Fründin schull de Patentant wesen. Se wohn in ehr Karkengemeend un ehr Ünnerlogen befunnen sik in dat Karkenbüro. Mit de Pastoor harren se sik bi ehr in Huus to en Dööpgespräch verafreed. Denn schullen ok de Paten daar wesen.

Bi leckern Tee un Neeijohrskoken mit Schlagrohm wurr genau de Döpsönndag beschnackt. Sogaar Malte schull en Upgaav kriegen. He weer dat eenzigst Geschwisterkind. Daar weren noch twee Döpkinner. Malte drüff dat Döpwater in dat Döpbecken bringen. Se wurren genau upklärt, waar ehr Platzen weren: an Siet tegen de Altaar stunnen Stöhl för de Öllern un Paten. Malte drüff daar denn ok mit sitten. Weer viellicht beter, wenn he ünner de Fuchtel van sien Mama un Papa weer.

Se kunnen de Kinnerwagen oder Maxi Cosie al vör de Gottesdeenst na vörn bringen. Denn kunn Marita daar schlopen. Muss aver all mit: en Nulli, en Teebuddel un viellicht noch en Melkbuddel. Ok Malte kunn noch nich en ganzen Stünnen still sitten. För de muss ok wat mit to schlickern un en Billerbook. Dat wurr en halben Ümzug. Aver de Kinner schullen ruhig hollen werden, ok wenn de Pastoor seggen de, dat dat en Familiengottesdeenst weer. Denn muss man mit Kinnergeluut reken.

Man keen aver de Reaktionen van de ööller Karkenbesökers ja un sörg denn doch vör. Ehr Oma weer maal ut de Kark kamen un harr sik ökert: „Daar weren so jung Öllern, de harren ehr Kinner mit un dat weren so Gierbiggen!! Kunnst kien Pastoor mehr verstohn. De Ollen harren nich soveel Künn, dat se mit ehr ruut gungen. Ik goh an so en Sönndag nich weer in de Kark!" Dat schull ehr nich passeeren.

In de Week vör de Kinddööp harr Andrea dat nu drock. Se wull de Familie to Middag nögen. De Grootöllern un Uromas nettso as de Paten schullen na de Gottesdeenst bi ehr eten un later ok to Tee un Tort blieven. Denn reken se noch mit de Unkels un Tanten van Malte un Marita. Andrea weer eerst an reinmaken un to dat Wekenenn hen wurr backt un kookt.
Sopp, Rouladen, Roodkohl, Bohnensalaad kook Andrea Saterdag al. De Torten, en Mandarinentoort un en Schwarzwälder Kirschtoort luren blot daar up, dat se füllt wurden. En Nappkook back se so nebenbi. Stephan muss ditmaal mit ran. He drüff Kartuffeln schielen. Nadisch wull Andreas Mama Elfriede mitbringen. Quarkspeise mit Mandarinen un Schokoladenpudding mit Vanillesooß för elk. All muss dat bit Sönndag vörbereid wesen. As letzt wurr de Disch in de Eetstuuv deckt, nobel mit witt Dischdeken un Munddöök. Lütt Blömenströöß un Kersen maken dat gemütelk.

Sönndag moorn wurr in Köken graad fröhstückt un denn keem dat gode Tüüg över d´ Mors. De Hauptperson Marita harr ehr Mohltied hat un wurr chic maakt. Ünnerwegs kreeg se ehr mooi rosa Kleed an un in Kark keem daar dat old Dööpkleed över. Dat fullt so mooi bi de Arms andaal, wenn man de Täufling droog. Malte kreeg en mojen Jeans an mit en heller Hemd un en passend Pullunder. Sogaar Papa Stephan bund sik de Strick üm bi sien nobel Anzug.

Ok de stolte Mama harr sik in Schale schmeten.

De fierliche Gottesdeenst schull anfangen. Malte gung bi de Pastoor an Hand mit en Kann vull Water döör de Kark. Ganz wichtig tippel he an dat Dööpbecken un leet dat daar mit Pastoor sien Hülp inlopen. All Öllern mit Kinner un Paten seten sik an Siet hen. Pastoor segen eerst de Kinner un denn nehm de Gottesdeenst sien Loop. Nu gung dat an dat Döpen van Marita. De ganz Tied harr Malte verfolgt, wat daar passeer. Nu see he, luut genoog för all: „Dat du ehr aver kien kolt Water up Kopp güttst! Denn blarrt se un wurd ok krank!"

All Lüü amüseern sik över de lüttje Wieshammel. Andrea un Stephan wussen nich in wecker Muuslock se woll krupen schullen. De Pastoor redd de Situation aver: „Kumm man even bi mi un föhl dat Water. Dat is mooi warm." Malte hett dat Water test un för good befunnen. Nu kunn sien lütt Süster döfft werden. Un wat maak Marita? Schreei ut vullen Hals! Dat weer nich good, wenn man ehr in Schloop stöör. Daar hulp nich maal de Nulli.

„Kiek, hest du't schafft? Hest ehr upwaakt? Se mööt doch schlopen!" De lütt Schlauschnacker harr sien Mund al weer open. Stephan greep hüm un brooch hüm flüsternd to Ruh: „Büst du still? Mama beruhigt Marita weer." „Waarüm kriggt de Pastoor kien Schellens?" „Dat vertell ik di in Huus." So lütt Jungs köönt düchtig frogen un en düchtig blameeren. Na de Segen drüff de Dööpgesellschaft sik weer up ehr Platz setten.

Malte weer mulig un sien Mama un Papa weren ok nich good up de vörluut Gesell to spreken. Marita leeg in ehr Kinnerwagen, soog schmatzend an ehr Nulli un schleep ehr best. Blot Malte weer ok mit Bonbons nich ruhig to stellen. Bockig as he weer, hau he de bi d´ Siet. Bi de nächste Gesang schnapp sik Stephan sien Stammholler un brooch hüm na Lutz, de Fründ van Tina, Maritas Patentant. He is mit hüm na buten verschwunnen. Döör de dick Karkenmüürn stöör he de Gottesdeenst mit sien Wiesnöseree nich mehr.

Stephan kook innerlich. De nächst halv Stünnen weer Ruh. Lutz kunn hüm woll beschäftigen. Dicht bi weer ok en Speelplatz. De Klocken schullen se woll schlaan hören. Lutz gung up direkten Weg mit Malte na de Speelplatz. De lütt Keerl lepen Tranen över de Wangen. „Waarüm hett Papa uns ruut schickt?" „Malte, dat weer ganz eenfach. In Kark reed blot en un dat is de Pastoor. Du hest daar immer tüschenreed un stöört. Dat hebbt di dien Mama un Papa doch seggt, dat du daar ruhig wesen schullst?" „Jo, dat woll. Aver de Pastoor hett Marita upwaakt un ik krieg denn Schellens. Kolt Water dröfft se ok nich up Kopp. Wat schall dat sowieso!" De lütt Keerl reeg sik immer noch up. He begreep dat noch nich.

Nu lock aver eerst maal de Schaukel un dat Klautergerüst. Se harren Glück. De Sünn schien, un se kunnen up de Speelplatz rümtoven. Blot irgendwenner wurr Malte ok hier överdaarig. He meen, he muss mit dat Sand schmieten. Lutz harr good Tüüg an. Dat leet he nich döör gohn. Bi hüm muss Malte ok luren. Nu

17

keem weer de dick Lipp. „Bruukst gar nich pruhlen. Du wöötst, waarüm ik schullen hebb." In de Moment fungen de Klocken an to schlaan. „Kumm, de Kark is ut. Wi willt nu na Huus. Denn kannst in dien Stuuv gohn. Daar hest du dien Speeltüüg."

De Dööpgesellschaft keem na en mojen Gottesdeenst ruut. Andrea wünsch sik noch en paar Biller vör de old Dööpsteen. Malte wurr de Sand ut de Büx kloppt. Do drüff he weer mit rin. Veel Biller wurden knipst mit de Paten un Öllern. To'n Schluß keem de Pastoor noch up Malte daal: „Daar büst du ja weer. Weer di dat to langwielig?" Malte wull nich mit hüm schnacken un röön weg. Schull he en schlecht Gewöten hebben? De Rest van de Dag wurr Malte beobacht. Dumm Tüüg geev dat nich mehr.

Andrea un Stephan ehr Vörbereitungen wurden düchtig loovt. Se kregen en lecker Middagsmahl. Denn drüffen de jung Öllern de Dööpgeschenken utpacken. Jeder harr sik wat moois infallen laten. Afschloten wurr de Dag mit en gemütelken Teetafel mit de gesamte grode Familie.

Fröhstück bi d´ Navers

Bernd harr in de Wintergarden de Fröhstücksdisch deckt. Sogaar Brötkers luren al. Blot an de Eier harr he sik nich ran trout. Sien Elfriede freu sik över so en deckten Fröhstücksdisch un dat gemütelke Mahl mit Kääsblatt daarbi to lesen. Un dat noch na över dartig Johr Ehe.

Ok van moorns seten de beiden binanner to vertellen, lesen dat Blatt un keken ut Fenster. Dat weer dat moje an de Wintergarden. Se kunnen bolt rund üm sik to kieken. Nu wurr ehr Upmarken up wat besünners lenkt. In Navers Tuun lann en Fischreiher direkt tegen de Teich. Daar stund de nu stief un starr un röög sik nich van de Stee. Blot de Wind pluster af un to de Pennen up. De Schietjan leet sik aver nich stören. Elfriede un Bernd lesen in Ruh ehr Blatt. Do weer de

19

groot Vögel dat woll langwielig wurden. He harr sik weer vertrucken.

An de nächst Morgen seten se weer bi't Fröhstück. Un well weer in Navers Tuun? De Fischreiher. Weer stunn he daar stief un still un luur up sien Fröhstück. Schull he sik dat bi de Naver ut Teich klauen? Sehn harren se nich, dat de Deev wat angelt harr. Bernd wuss genau, dat daar Goldfisch in schwummen. Schull Artur överhoopt wöten, dat he jeden moorn Besöök kreeg? He wull hüm bi de nächst Gelegenheit frogen.

Jeden Moorn seten Andreas Öllern nu up Luur. Schull de Fischreiher woll kamen? Dat weer recht spannend. Vergangen Nacht harr Malte bi Oma un Opa schlopen. An Fröhstücksdisch kreeg he ok mit, dat daar buten wat weer. Nu stunn he bloot noch vör dat groot Fenster.

„Opa, Opa! Daar, daar! Kiek maal! Is de groot!" Mit openstohend Mund stund de lütt Bödel vör dat Fenster. „Klaut de nu en Fisch ut Unkel Arturs Teich?" Malte wull dat genau wöten. „Dat wööt ik nich. Dat hebb ik noch nich sehn." Denn musst du Unkel Artur frogen. De wööt dat doch." Malte wuss woll, wo dat muss. „Kiek du nu man, of he woll en Fisch angelt." Bernd harr sien Enkelkind eerst en lütt Sett beschäftigt. Nu stunnen daar twee stief un staar. Ganz lang hullt de lütt Jung dat aver nich ut. Hüm fehl de Gedüür.

„Opa, wi goht na Unkel Artur hen un fraagt hüm." Elfriede keek ehr Ehegespons an: „Dat doot ji man. Eher gifft he doch kien Ruh." So gungen Opa un

Enkel na de Navers. „Unkel Artur, de groot Vögel klaut di de Fischen ut dien Teich. Wöötst du dat? Klauen dröfft man doch nich." De Naver wuss eerst gar nich, waar Malte van schnack. „Du meenst de groot dumm Fischreiher?" lach Artur. „Ik hebb ganz schlau Goldfischen. De versteekt sik immer ünner de Brügg oder in dat Schilf, wenn de Schietjan kummt. He hett mi noch kieneen klaut."

Malte keek sik de Fischen genau an. „De lücht so mooi. De kann man good sehn. Viellicht is de Fischreiher al old un kann nich mehr so good kieken." Nadenkelk stunn de lütt Keerl an´t Water. „Fouerst du de ok? De mööt ok doch freten." „Jo, ik hol di eben wat. Denn dröffst du de vandaag fouern." Dat düür man eben un Artur brooch hüm en Schödel vull Fischfouer. So kregen de ok ehr Fröhstück.

 Malte weer so begeistert. „Drööf ik noch maal weer kamen to fouern?" Dat drüff he un Artur weer blied över denn lütten Tierfründ.

De neei Welt van Tahlen

Andrea weer mit Malte up Speelplatz. Daar seet he nu mit sien lütt Speelfründin in Sandbült un back Koken. Se wurden all mooi verziert mit Gänseblümchen oder dunkel Sandstreusel.

Denn wurr de lütt Keerl to´n Geschäftsmann. He verkööf de lütt Marie de. „Wat köst de denn?" froog Marie. „De mit Schokolaa 6 Meter 15 un de anner

Sort 3 Meter 75". Se sögg sik en Kook ut un betohl mit ehr Grasgeld.

Andrea beluur ehr un wunner sik över de Währung van de beiden. Malte harr dat in Moment sowieso mit all möglich Maten. Van moorns weer he na ´t Duschen up d` Waggt stegen un harr rümtönt: So laat is dat al? Teihn Küüten? Maak to, Mama! In Kinnergaarn luurt de up mi."

Middags wurr Andrea dat denn so komisch mit ehr Lüttje. Se host un gleuh as en Kattködel in düstern. Wat harr Marita sik nu denn weer infangen. Dat kunn se egentlich gar nich bruken. Denn man graad Fever meten. Dat lütt Minsch weer al bolt bi 39°. Denn wull se de Kinnerdoktor man anropen, dat de ehr ünnersöög.

Daar kunn se glieks kamen, aver Malte muss se mitnehmen. „Du, Unkel Doktor, Marita is düchtig krank. Se hett Fever, bolt 39 Pund!" De Kinnerarzt keek hüm an un meen: „ Denn willt wi man eben kieken, dat wi soveel Fever weer verdrieven." „Jo, du musst ehr de lecker Saft upschrieven. De helpt mi ok immer." Andrea weer ehr negenmaal kloken Schnacknöös pienelk. Utstatt mit en Rezept för Feverzäpfchen treden se de Rücktour an.

Malte un Marita maken Andrea un Stephan veel Freud. Disse Verwesselungen mit de Grötten un Maten brochen ehr immer weer to´n Lachen. Se vertellen Malte denn meest, wo dat richtig heet. So ganz langsaam kreeg he dat denn ok hen. All Anfang is eben stur!

Malte muss sik noch groot futtern. So froog sien Mama hüm; „Woveel Tuffelsopp wullt du eten?" „Mindestens twee Kilometer! Ik will doch satt werden!" He meen twee Kellen Sopp.

So gung dat noch en lütt Sett, aver irgendwenner legg sik dat van sülvst.

Waar schall´t hen gohn?

Dick inmummelt kemen Johann un Giesela bi´t Maiboom upstellen. Ok wenn dat düchtig kolt weer, wullen se sik dat Ereignis nich entgohn laten. Dat ganze Dörp dreep sik hier.

Na dat Boom upstellen geev dat noch en paar Woorden van de Börgmester un van de Pastoor. Se weren sik enig, dat dit en mojen Maiboom weer, bloot dat dat Weer daar nich to pass. Se wünschen all en vergnögten Namiddag. Dat Angeboot för dat leiblich Wohl weer groot genoog. De Grill damp al düchtig un in dat Vereenshuus wurr Tee un veel leckern Kook anboden.

Ditmaal geev dat buten Beer ok Grog un Punsch. Dat wurr en richtig lütt Dörpsfest. Ok Stephan un Andrea harren sik mit ehr Kinner up Padd maakt. Tee drinken un Kook eten un schnacken doon maken hör bi´t Maiboom upstellen daarto. Hauke un Malte weren up de Speelplatz verschwunnen. Nu seten ehr Öllern binanner, eerst bi Tee un Kook un denn, ja denn

23

schmuck ok noch en Grog.

„Man schull sik in en Fleger setten Richtung Süden, ganz egaal waarhen." schullt Johann. „Hebbt ji denn al Urlaub bucht?" froog Andrea na. „Wi hebbt uns överleggt mit Kinner in en Ferienpark to fohren. Daar gifft dat meest all: en Schwemmbad, en groten Speelplatz un ok anner besünner Saken, de man bi Huus nich hett. En Ferienwohnung is mit Kinner ganz mooi un man kann maken, wat man will."

Giesela kreeg groot Ohren. Se wull so gern en Paar Daag ruut. Dat weer för ehr doch de Lösung. Mit Hauke in d´ Warmtde weer noch nich so recht wat. Nu harr se en Idee. „De Ferienpark beed doch verscheden groot Hüüs an? Wat hollt ji daar van, wenn wi uns tohoop doot un mitnanner wegfohrt. De Jungs köönt mitnanner spelen. Wi köönt aver ok alleen wat ünnernehmen. Dat geiht doch seker nich so in´t Geld, as wenn jeden en Huus för sük hüürt." De anner dree weren begeistert.

„Wi goht nu sofort na Huus hen un kiekt in´t Internet, waar uns dat toseggt. Dat wurd glieks bucht. Wat hollt ji daar van? Grog köönt wi bi uns ok drinken!" schloog Andrea vör. De Mannlüü wurren gar nich mehr fraagt. De beiden funnen dat aver ok good. So en Urlaub to sövend kunn lüstig werden. Mitnanner seten se vör de Laptop. En Ferienpark na de anner wurr ankeken, Pries vergleken. Bi de en geev dat kien Schwemmbad, dat weer wichtig för Waterrött Hauke, bi de anner weren dat mehrstöckig Hüüs un man muss Rücksicht nehmen up annern. Speelplatzen geev dat överall.

De för ehr am besten passends leet, leeg in en lütt Dörp in Belgien. Daar schull dat nu hengohn. 19. Juni weer de Reisdag för de beid Familien. Glieks wurr plaant, wat all inpackt werden muss. De Mannlüü wullen am leevsten jeden Avend grillen. Dat schull aver ok maal fix Nudels oder Tuffels geven mit en Kleenigkeit daar bi. De Froolüü melden al glieks an, dat se nich jeden Dag in Köken stohn wullen.

De beid Mamas beraadschlaan, wat se för ehr Kinner all mitnehmen mussen. In´t Internet funnen se, mit wat dat Huus utstatt weer. Betttüüg un Handdöker kunnen in Huus blieven. Ok Potten un Pannen weren all daar. För dat, wat daar in schull, mussen se sülvst sörgen. De beid Familien freuen sik düchtig up ehr Urlaub.

Teihn Daag vöör de Urlaub passeer dat groot Malöör. Dat seeg ut, as wenn Stephan un Andrea mit ehr Kinner bi Huus blieven mussen. Morgens vör d´ Kinnergarden wull Stephan Malte graad de Schoh dicht binnen. Daar schree he up. He kunn sik nich röhren. Wo nu? Wat weer passeerd? Stephan schleep sik na dat Sofa un leet sik daar upfallen. Hüm lepen Tranen över d´ Wangen.

„Papa, du weinst ja! Wat hest du? Hest du so aua?" Malte wuss gar nich wat los weer. Andrea stunn ok al bi hüm. Trillernd vertell he: „Mi is dat tomaal so in Rüüg schoten. Dat deit so schwiensch sehr! Ik kann mi nich röhren!" „Wat hest du denn maakt?" „Maltes

Schoh dicht bunden, anners nix." „Tja, denn will ik uns Kinner man inpacken un denn help ik di in Auto un fohr mit di na en Doktor." „Wo schall ik woll in Auto kamen? Ik kann mi nich maal liek maken." De Tranen kullern noch vör Pien. „ Kann de nich herkamen?" „Ik roop an." Andrea harr ok ja Mitleed mit hüm. Se reep bi ehr Huusdoktor an: „Ik kaam sofort her. Is noch jüst vör de Praxistied."

As so en Hopen Elend leeg Stephan daar up Sofa. Andrea geev hüm wat to drinken, dat schull hüm aflenken. Dat klingel endlich – de Doktor. „Moin, wat is hier denn passeerd?" „Ik wööt dat nich. Bi´t Schoh dicht binnen schout mi de Pien in Rügg. Un dat is en Pien!! De Doktor tast hüm af, truck sien Been noch maal extra an: „ Dat is en echten Hexenschuß. Daar hest noch en lütt Sett Spaaß an. Ik geev di nu en Sprütz. Denn is de Pien gliek weg un du kannst di wat entspannen. Allerdings musst du di noch schonen! Hier is noch en Rezept mit Schmerztabletten." In Moment weer Stephan allens recht. Hauptsaak he harr kien Pien mehr.

„Wi willt token Week in Urlaub fohren. Is Stephan bit daarhen weer herstellt. Wi freut uns daar al so up." Andrea harr al Angst dat se allens afblasen mussen. „Waar schall dat hengohn?" De Doktor froog glieks na. „Wi willt in en Ferienpark in Belgien." „Du kannst doch ok fohren? Stephan schull nich so wiet fohren un in Huus nich so veel doon. Denn mööt he vörher noch maal her kamen. Denn kriggt he noch en Sprütz. Denn geiht dat."

De Abfohrtsdag weer kamen. De beid Froolüü weren flietig an vörbereiden wesen. Nu wurren de Autos packt. Andrea un Stephan mussen twee Kinnerwagens mithebben, de Buggy för Malte un Marita ehr Fortüüg. Denn kemen de Kuffers mit Tüüg in Auto un en groten Körv mit all dat lecker Good, wat dat disse Week so geven schull. Beid Familien harren de Autos vull.

Glieks na middag drepen se in un betrucken dat lütt Huus. Stephan un Andrea gungen ünnern in dat Schloopstuuv. Hier geev dat en Kinnerbedd un ok noch en Bedd för Malte. Dat stund wat vörburgen achter dat Kleerschapp. En mooi groot Familienschloopstuuv weer dat.

As eerst wurden all Saken, Kleer un Leckerejen in Schapen un Köhlkasten verdeelt. Nu wullen de Kinner kieken, war se hier weren un ok de Speelplatz utprobeeren.Waar weer den woll dat Schwemmbad? Sogaar en Minigolfanlaag geev dat. En Kletterhall funnen se ok. Daar drüff Stephan woll nich rin. Dat geev in de Schwemmhall noch en Dampfsauna. De wull he nutzen. Se mussen aver ok ja immer well hebben, de up de Kinner passen.

Se funnen up ehr Rundgang noch en lütten Laden, waar dat all de lecker Saken geev, de man sonst noch so bruuk un morgens de Brötkers un dat Bladd mit de veer groot Bookstaven. Schlickerkraam funnen de Jungs ok glieks un lecker drinken daarto. As eerst harren de Mannlüü vandaag Kökendeenst. Se füren de Grill an. Gemeensaam harren se en pläseelken eersten

Avend. De Kinner schlepen good.

Nu wurren jeden Dag Touren in de Gegend maakt. Ünnerwegs muss denn maal en Inkoopsbummel maakt werden. Schildjies dreihen muss ween! Wat geev dat hier all mojen Kraam. Denn fund Giesela noch en lütt Käseree. „ Hier mööt wi up Rücktour noch Maal lang. Ik will mi Kääs mit na Huus nehmen un mien Mama kriegt ok en Stück. De ett dat so gern." Jeden Dag gungen se mit ehr Lütten schwemmen. So schlepen se good. Bolt jeden Avend wurr de Grill anfüürt. Tüschenin maal Spaghetti oder Fischstäbchen, Eten wat fix gung. De Avend hör de Öllern bi Roodwien un Beer un Karten spelen oder wat se sonst so mitbrocht harren, ünnerhullt ehr.

De Week weer veelst to flink weer vörbi. Stephan sien Rügg weer dat Verhalen good bekamen. Se weren sik all enig, dat schull noch weer mitnanner losgohn. Ok wenn Malte jeden vertellen de, dat he achter´t Schapp schlopen musst harr. Denn harr he de Lachers up sien Siet.

Heidi Klum in Nooddienst

In de lang Flur rieg sik Stohl an Stohl. Överall seten Lüü. En beoog anner. All Lüü schienen en Lieden to hebben, ok twee lütt Deerns weren daarbi. Een van de beiden hung an ehr Mamas Arm. Weer se so bang oder weer se so krank? Dat düür aver nich lang un Mira, so heet de Lütt dau up. Se speel mit ehr Kuscheldeert un turn daar mit rüm.

De anner lütt Deern van ok sowat acht Johr weer wat leevhafter. Se turn an ehr Papa rüm un wurr ermohnt: „Laura, holl up to rüm hampeln. De anner Lüü kiekt al." Do sett se sik even up ehr veer Bookstoven un tüdel mit ehr Kuscheldeert, en Tiger mit Glubschogen rüm.

Nu fung Mira weer an, dat se sik langwiel: „Mama, mööt wi noch lang luren? De Froo mit ehr rood Jack is doch veel later kamen as wi." „Jo, mien Kind. Ik glööv, de harr düchtig Buukpien, daarüm is de glieks na de Doktor rinkamen." Ehr Mama beschäftig sik wieder mit ehr Handy. Mira balanzeer nu ehr Muus up Kopp un leep so vördels un rüggels.

Nu harr Laura wat sehn. Dat kunn se ok. Se versörg dat ok up en Been. De beid Deerns verdreven sik so de Tied. Wat en nich wuss, wuss de anner.

Irgendwenner fungen se weer an to nölen. Do schloog en van de anner Patienten vör, se kunnen sik ja en van de Heften up Kopp leggen un as en Moddel hen un her lopen.

De beid lütt Deerns weren sik enig. Se harren woll al Moddels lopen sehn. Dat weren beid recht Naturtalente.

Se dreihen sik un knicksen, denn tuschen se de Jacken. Weer promenieren se hen un her. Nu harren all Lüü en schmunzeln in´t Gesicht. Se funnen mehr Mögelkeiten sik to beschäftigen. Denn wurden aver all beid Deerns mööi. Mira kroop weer bi ehr Mama in Arm un Laura bi ehr Papa up Schoot.

Lang hebbt de lütt Heidi Klums nich mehr up Flur sitten un luren musst. Se kunnen ennelk bi de Doktor rin.

Irgendwenner weer Andrea denn ok an Tour mit ehr Lievkniepen. Weer aver man halv so schlimm mehr as in Huus. Daar harr se dacht, dat se en Blinddarmentzündung harr.

Wat so en pläseelk luren doch utmaak. Schull lachen ok gesund maken?

Hochtiedslüden

Malte weer de ganz namiddag al so verdreiht ween. Nichmaal sien Lieblingswurst wull he to Avendbrood. Eenzigst de Kakao schmuck hüm. Andrea brooch hüm gliek in Bedd. Fever harr he nich. Moorn schull he woll weer up Benen ween. Nich maal en Geschicht schaff he van avend. Graad schleek se sik ut dat Kinnerzimmer.

Nu muss blot noch Marita ehr Mahltied kriegen. Denn weer Fieravend. Do pingel dat an de Döör. Daar stunn leven Besöök vör: Stephans Vedder Wilko un sien Fründin Lara. Andrea maak ehr en Teken, dat se sik ruhig verhollen schullen. In Stuuv kläär se ehr up: „Malte schlöppt al. De bruukt nu nich weer upwaken."

Se maken sik dat gemütelk, nebenbi versörg Andrea ehr lütt Muus, wickel ehr un brooch ok ehr in ehr Bedd. Nu stunnen twee Babyphons up Disch tüschen

30

Teetassen un lütt Koken. Na ehr Teestünnen kemen de beid Besökers mit en Överraschung van Dag.

„Wi beiden willt heiraden. En Inladen hebbt wi jo al mitbrocht." „Daar hebbt wi egentlik al länger up luurt, oll Bröör. Wurd ja woll Tied, dat du van Stroot af kummst." freu Stephan sik. „Denn graleer ik van Harten!" Andrea nehm ehr blied in Arm. „Wenner schall dat so wiet ween?" „In sowat acht Week hebbt wi de Termin fastleggt. Dat is ok uns Kennenlerndag. Wi wullen jo woll noch wat fragen. Schull jo Malte woll Blömen strejen tosamen mit mien Süsters Lilly?" Stephan un Andrea weren sik enig, dat se Malte dat woll totrouen kunnen. Un Lilly keen he ut Kinnergaarn. „Dat kriggt he woll hen. Am besten vörher noch Maal öven." Andrea weer al upgeregt. „Wööt ji wat? Ik hebb de Körven van uns Blömenstreekinner noch. Du bruukst ok kien Bleuthen bi de Görner bestellen. De nehmt ok blot dat wat affallt. Is ja Sömmer. Ik hebb genoog in Tuun un noodfalls goh ik bi Mama noch döör." Lara freu sik. Dat weer all Geld, wat se sporen kunnen.

„Hest du di denn al en Kleed utsöggt?" „Jo, daar bün ik vergangen Week mit mien Mama un mien Süster achter to ween. Ik bün in dat eerst Geschäft glieks fündig wurden. Dat hebb ik anprobeert un do wuss ik, dat is mien Kleed." Lara harr en Lüchten in Ogen. „Wilko wööt aver nich wo dat utsücht!" flüster se.

„Hebbt ji denn en besünner Thema oder Farv? Viellicht willt wi uns daar ja so´n beten na richten." Andrea maak sik al Gedanken, wat de Kinner woll anhebben mussen. Daar muss se denn noch maal mit Lillys Mama över schnacken. De beid lütten schullen doch so´n beten binanner passen. „Nee, dat hebbt wi nich. Wi hebbt ok noch kien Servietten utsööcht. Fieren willt wi in d´ Dörpskroog. Dat steiht daar all up de Kaart!"

Anner Moorn dreep Andrea up Tina, Lillys Mama. „Uns hebbt se ja en Upgaav stellt. Güstern Avend weren Lara un Wilko bi uns." „Jo,dat segg man. Wi sünd dat güstern ok eerst gewahr wurden. Ik hebb gliek na Farven un Thema fraagt. Aver dat is ja nich. Denn bruukt wi daar ja kien Rücksicht nehmen." Tina dach genauso as se. „Denn köönt wi uns later ja noch maal tosamen setten. Uns beid schöölt ja ok as en lütt Paar utsehen. Ik hebb de Körven van uns Hochtied noch. Daar köönt se in Tuun al maal mit öven."

Nu drepen sik de Frolüü doch al maal un döörstöbern dat Internet. Se funnen sogaar en mooi rosa Kleed ut Chiffon för Lilly un en schwarten Büx mit West un witt Hemd un Fleeg för Malte. Nu schullen de beiden denn ok al maal öven. Se kregen utbleuht Blütenblööd in ehr Körven un denn drüffen se de in Tuun verstrejen. Andrea un Tina weren dat Bruutpaar. De Kinner begrepen flink, dat se blot immer enkelt Blütenblööd nehmen drüffen. Dat seeg recht nümig ut. Endlich weer de groot Dag kamen. De beid lütt Müüs mussen al mit to fotofeeren. Dat fohren övernehm Frank. Bit se in Kark wesen mussen, kunn ehr old Büx noch maal an. Anners weren de good Kleer gliek schidderg. Andrea versörg Marita, pack ehr groot Tasch un denn gung se na Oma to schlopen. Noodfalls schull Oma Andrea anropen, wenn de lütt nich

32

schlopen wull. Se weren ja nich wiet weg. Malte keem ja mit. För hüm stunn ok en Noodfallkoffer in Auto. Wenn he ganz up Tied al kaputt weer, schull Opa hüm afholen, un he keem daar ok in Bedd. Se harren sik dat good överleggt.

In Kark maken Lilly un Malte ehr Saak so mooi. Veel Lüü keken na de beid Lütten, as se Hand in Hand mit intrucken un segen de moje Bruut in ehr fein Kleed nich. De schlank Lara seeg ut as so en Prinzessin mit wat bling-bling un Spitzen. Se weer so mooi. Sogaar Wilko verdrück en paar Tranen. Dat Bruutpaar söög ehr Platz vör de Altaar up. De Blömenkinner seten bi ehr Öllern. Se wurren mit Schlickers ruhig hollen.
De Pastoor hull en mojen Trougottesdeenst, he harr dat Bruutpaar sogaar al konfermeert. He meen Ogen zwinkernd dat he aver nich ut School plaudern wull. Daarüm gung he up de Heiraadsandrag an Laras Geburtsdag in un dat Wilko doch so en Hartkloppen hat harr. He kunn sien Schwegeröllern ja nich inschätzen. Harrst ok mitreken musst, dat Laras Vader hüm mit Flobert van Hoff joog.

Na en paar mooi Leder weer de Gottesdeenst vörbie un Lilly un Malte drüffen nu ehr Bleuthköpp strejen. Se verdelen de so vörsichtig. Dat weer so pläaseelk antokieken. Buten stunnen Laras Sportfründinnen mit Reifen, de mit bunt Bänner schmückt weren. Ok hier weren noch genoog Blömen daar. Veel Gasten stunnen buten un maken Biller. Sogaar Andreas Öllern weren mit Marita in Kinnerwagen daar to graleeren. Se wullen ok eben kieken, wo ehr Enkelkind sien Upgaav meister. Stolt stunnen Oma un Opa van wieden un kemen denn mit en Paket to graleeren. Lara un Wilko reageeren överrascht, freuen sik aver düchtig. Sogaar de beid Kinner kregen en lütten Belohnung. Andrea keek in de Kinnerwagen. Ehr lütt Deern schleep ehr best. Mama weer tofree.

Nu gung dat en Station wieder. In de Döörpskroog luur de de Sektempfang. Wat funnen de Kinner dat mooi. Immer kemen se weer: „ Drööf ik noch Sekt?" Se kregen immer Orangensaft in ehr Sektglöös. Still sitten kunnen se sowieso nich. Dat Eten weer dat beste. Sogaar Malte un Lilly schmuck dat un se mümmeln düchtig. Dat beste keem natürlich to'n Schluß. Pudding in Glass. Malte much daar sogaar en tweden van. Steephan wunner sik wo sien Jung eten kunn.

Ennelk speel de Musik un de Kinner kunnen up Saal to toven. Na en Tusch wurr dat Bruutpaar upfördert to de Bruutdanz. Ganz verschmust un versunken schwofen de beid över de Saal. Denn drüffen de Öllern un Troutügen daarto un endlich de Gasten.
De Kinner weren nu de ganze Tied ünnerwegs. Bit halv elven hullen Lilly un Malte dat döör. Tüschenin mussen Mama un Papa mit ehr danzen. Nu kropen se doch up Schoot un wurren schmusig.

„Malte, wullt du bi Oma in Heia?" Malte antwoord gar nich mehr recht. He weer so mööi. Stephan reep sien Schwegervader an. He weer binnen teihn Minuten daar. Se packen dat mööi Kind in Auto. Tasch mit un nu drüffen Andrea un Stephan ok fieren. Wüssen se doch, dat ehr Kinner good ünnerbrocht weren. Dat wurren Spelen maakt, of de en de anner keen. Tüschenin muss immer weer schmert werden.

Bi de Schleierdanz hol Stephan sik en groot Stück Schleier. Ja un denn keem wat ganz besünners. Wilkos Vader un Moder kemen mit en groten Karton up Saal. De mussen dat Bruutpaar utpacken. To´n Vörschien keem en wunnerbaren holten Weeg. Hierto keem de Geschicht, dat de al Johren döör de Familie gung un nu weren se dran, de to beleven.

Anner Dag weren all noch wat mööi na en mooi Fest. Lilly un Malte harren sik dat genau bekeken un spelen in Kinnergaarn blot noch Hochtied. Se wussen nu ja veel to vertellen. Sogaar de Kinnergaarntanten spelen mit un sungen mit ehr dat Leed van de Vögelhochzeit. Na veer Maant vertellen Lara un Wilko, dat bolt de Weeg bruukt wurr. De Freud weer groot.

Dropen up Speelplatz

Andrea gung bolt jeden Dag mit ehr Kinner up de Speelplatz. Malte dreep sik daar gern mit anner

Kinner to spelen un so groot Klautergerüsten geev dat bi Huus ok nich. Sien Mama pack denn immer wat in to drinken un to eten, maal geev dat en warmen Tee oder maal Saft, Appelstücken, Soltstangen oder Knäckebrood. Dat wichtigst bi dat Picknick weer en bunten Serviett. Daar wurr dat upleggt.

Siet en Paar Daag weer Andrea up Speelplatz en Froo upfallen, de ehr bekannt vörkeem. Se kunn de aver nich inörden. De harr ok so en lütten Butscher bi sik van sowat dree een half Johr. Vandaag schull Malte daar maal mit spelen. Viellicht kemen se denn in´t Gespröök. Malte wull immer up de Wippe. He schull sik de lütt Jung maal holen. So bleev denn Lütten ok nich alleen. Dat düür ok nich lang un de beid duken up.

Ditmaal keem de Froo glieks up ehr daal. „Moin! Ik glööv, wi keent uns?" froog se zögernd. „Ja, ik wööt nich. Ik hebb aver ok al dacht, dat wi uns al sehn hebbt. Ik bün Andrea Bartels!" „Ik bün Claudia Georgs. Ik bün hier gebürtig ut´t Döörp. Ik bün en geboren Fangmann." „Claudia? Keenst mi ok nich weer? Ik bün Andrea Wefer!" De beid jung Frolüü weren sik enig, dat se sik düchtig verännert harren.

„Wohnst du hier nu denn ok mit dien Familie?" erkunnig Andrea sik. „Oma, guck mal! Wir wippen zusammen!!" „Oma?? Dat is dien Enkelkind al? De is doch nich veel jünger as mien Jung?" Andrea stund de Verstand still. Claudia weer mit ehr in School gohn. Se weer woll en flotten Feger ween, man dat se al so froh Mama wurden weer, harr

Andrea nich wusst.

„Jo, ik bün al siet 22 Johr verheiraad un mien Deern wurd ok al bolt 22. Ik bün al mit 37 Oma wurden." „Denn hest du ja al glieks na d` Schooltied heiraad." „Jo, uns Antje harr sik ankünnigt un twee Johr later is Florian geboren. Weer woll nich liecht, aver wi hebbt uns döör beten."

Andrea vertell ehr, dat se eerst veer Johr verheiraad weer. Ehr weer dat nich wichtig ween, blot för ehr Kinner weer dat beter un eenfacher. Nu keem Malte an: „Mama, hest du Picknick mit? Kriggt Lukas ok wat van?" Andrea verdeel Saft un Soltstangen an de Kinner.

„Ik hebb för uns immer wat mit to drinken un to knabbern. Marita schall sik woll glieks melden. Se knabbert gern Knäckebrood. För mi bring ik Koffie in en Thermobeker mit. De kann ik di leider nich anbeden.

Du weerst de letzt Daag faker hier. Waar is dien Deern denn? „ Ik bün vör en paar Daag to´n tweden Maal Oma wurden. Lukas, vertell maal. Wo heet dien lütt Süster?" froog se denn Lütten. „Mamas Baby heet Lilli!" Claudia amüseer sik. „He kann dat nich glöven, dat dat sien Süster is. Mit knapp veer Johr is dat ja stur to verstohn.

Andrea vertell Stephan van ehr Drapen up Speelplatz. „Musst di dat maal vörstellen, Claudia is genau so old as ik un al twee Maal Oma. Sülvern Hochtied hett se ok al bolt. So verscheden löppt dat Leven."

Liebe auf den ersten Blick

Trillernd leeg Kiki in ehr Köörv. Tranen lepen ehr ut Ogen, de Nöös weer warm un prusten de se ok al Nöös lang. De lütt Terrier harr en Hunnenschnuuv. Dat kunn för so en Deert so recht gefährlk werden.

Elfriede maak sik Sörgen. Se reep bi de Veehdoktor an. Avends af fief kunn se kamen mit ehr krank Kiki. Blot se harr noch en Problem. Bernd wull mit sien Mannlüükring up Tour. Well kunn mitfohren? Andrea muss inspringen. Se wull ehr ok glieks anpingeln.

Andrea duur düchtig, dat de pläseelk lütt Keerl krank weer. Se wull Stephan Bescheed geven, dat he pünktlich in Huus keem. Se bruuk för ehr beid Lütten en Babysitter. Blot Malte quääs solang, bit he mit drüff na de Veehdoktor. Üm interesseer, wat daar so passeer.

Elfriede seet mit ehr lütt Kiki up Schoot tegen Andrea. Kiki fiep up de ganz Tour. Ehr muss dat woll schlecht gohn. „Waarüm weint Kiki de ganz Tied so düchtig? Hett se so düchtig aua?" Nu maak Malte sik ok Sörgen. Tröstend strakel Elfriede ehr lütten Veerbener. Ennelk weren se bi de Doktor ankamen. In dat Wartezimmer seten al Lüü. En Froo mit en Katt in en Köörv un en Nymphensittich in sien Käfig luren al. De Vögel kraih gliek van „moin." Denn seet daar noch en Froo mit en Bernhardiner. De leeg up Grund un plier mit en Oog, well daar nu noch keem.

Elfriede seet sik mit Kiki an anner Siet up en Stohl un Andrea un Malte bi ehr. Kiki keek üm sik to. Denn tippel se langsaam up ehr lütt Poten up de groot Hund an un schlick hüm de Poten. De leet sik dat so gefallen, schlick Kiki eenmaal mit sien lang Tung över d´ Kopp, de en Poot hoch un Kiki dukel sik an hüm.

Een van de Besitters keek up de anner. Sowat harren se noch nich beleevt. Dat weer woll de berühmt „Liebe auf den ersten Blick." Se kunnen ehr Ogen nich van ehr Veerbeners laten, dat weer doch to nüdelk.

Se wurden sik ok enig, dat se woll maal mitnanner spazeeren gohn kunnen. So wiet wohnen se nich utnanner un Kiki un Bibo, so heet de Bernhardiner, kunnen mitnanner toven.

Kiki kreeg bi de Doktor denn en Sprütz tegen ehr Fever un Schnuuv, denn schull se jeden Dag noch en Tablett mooi verpackt in Leverwurst kriegen un veel to supen. Denn gung ehr dat bestimmt in en paar Daag beter.

Dat dürr kien dree Daag un Kiki weer weer de Oll. Se drängel, wenn se ruut wull, un se freet ok weer good. Nu wull Elfriede Bibos Frauchen anropen. De weer mit sien Humpelpoot ok weer fit. Denn wullen se en Togg mitnanner doon. Beid Hunnen hebbt düchtig tosamen toovt. Se verstunnen sik richtig good.

Lug un Trug

„Moin Mama! Waarmit reist du denn weer? Weerst du bi Oma?" Andrea keek up de Plastikbüdel, de se bi sik harr. „Nee, ditmaal kaam ik van Huus. Bi´t Altpapier wegrümen fullen mi disse oll Heften in Hannen. De stammt woll van Oma. Ji löst aver doch gern de Raadsels. Ik dach mi, denn harren ji maal wat to doon!" antword se grinsend.

„Na ja, wi sitt woll in Middagstünnen daar bi. Stephan füllt de Sudokos gern ut. Lesen do ik de Geschichten van de Promis nich, un wenn ik denn noch seeg, wat de för Intrigen spinnen in de Königshüüs. Daar günnt doch de een de anner nich dat schwart ünner de Fingernagels! Ik bekiek mi gern de nobel Kleer, de de Damen immer draagt. De Kokenrezepten sünd ok mooi." „Well seggst du dat. Ik hebb mi ok al een of anner Rezept ruut reten un utprobeert. Papa freut sik denn immer, denn söten Fidi."

Moder un Dochter koken un backen beid gern un probeeren ok beid gern wat neeis ut. Se konkureeren denn ok woll maal mitnanner. Kunn woll noch maal angohn, dat se en goden Gesundheitstip oder en Kökentip in de Ratgeberdeel funnen. In Würgelkeit weer dat nich ehr Lesestoff.

Andrea stellen sik al immer de Nackenhaar up, wenn daar in groot Bookstaven stund: HOCHZEIT! Denn weer daar en Promipärchen afbild. Ganz lütt stunn daar denn immer ünner, dat de Fans dat fördern. Oder dat Gegendeel: GESCHEITERT?! En ganz nix segenden lütten Grund harren de Reporters denn funnen: Dat Paar harr getrennt Urlaub maakt oder harr maal faker mit de sülvige Keerl oder Froo danzt! Kopen de se disse bunt Bladen bestimmt nich!

„Besten Dank för de Tee. Ik will noch graad bi de Koopman lang un denn luurt mien Middagspott al." Andrea ehr Mama fohr graad mit ehr Rad los. Se weer immer in´t Suus. Kien Tied, kien Tied! In de lütt Koopmannsladen dreep se noch up ehr Naversch Annegret. Hier wesseln se noch en paar Wöörd. De Koopmann ünnerhullt sik gern mit sien Kunden. An Kass murk se denn, dat dat doch weer mehr wurden weer as plaant. Elfriede pack ehr Waren in ehr Körv un maak sik up Padd up Huus an.

Ehr Ehegespons harr al na ehr utkeken. De Maag harr sik meld. „Wi köönt in en halven Stünnen eten. Ik dreih graad en paar Tuffels af un maak Frikadellen daarto un Kohlrabi." Flink weer se binnen verschwunnen.

En paar Daag later tegen Avend meen Bernd: „Is so mooi Weer. Wi kunnen woll en lütten Radtour maken. Wat hollst du daar van?" Groot Lüst harr Elfriede nich, se wull aver kien Speelverdarber ween. „Ja, denn man los! Bring de Rööd man al ruut!"

Dat düür man eben un Bernd keem weer rin. „Waar is dien Rad? Hest du dat van paar Daag nich mit hat?" „Nee, ik wööt nich. Kannst Andrea ja fragen. Ik bün doch to Foot weer kamen. Ik bün doch nich bescheuert un loop, wenn ik fohren kann." As eerst repen se nu bi Andrea an. De wuss dat ok nich. Hm! Un nu? Se stellen ehr Huus un Schuppen un Garaag up Kopp. Dat Rad bleev verschwunnen. Schull se dat bi Oma Grete vergeten hebben? Daar weer Bernd alleen henfohren. Daar weer dat Rad ok nich to finnen. „Denn mööt ik de Gendarms ja Bescheed geven. Viellicht hebbt de ja en herrenlos Rad upgrepen." Nee, daar geev dat ok kien Rad, wat Elfriede hör. Ehr Versekerung meld se dat denn noch. En Rad muss d´r weer her un dat Geld schull denn en Stöhn mit ween. Nu fohr se denn eerst Maal mit Auto.

En knappen Week later, up Padd na Oma Grete, fohr Elfriede bi de lütt Koopmannsladen vörbi. In Ogenwinkel seeg se daar en Rad stohn. Dat is dien Rad doch nich? froog se sik. Eerst fohr se na Oma hen, harr aver kien Ruh. Up Rücktour hullt se bi de Koopmann an. Dat weer ehr Rad! Dat weer so eenkennig mit de lütt Plastikbleuthen üm de Körv to. Se wull de Koopmann noch fragen na dat Rad. Nich dat dat anners well hör.

„Ik hebb mi al wunnert, well sien Rad hier van moorns froh bit avends laat parken de! Dat is dien Rad!" Oh, wat schaam Elfriede sik. In Huus stunn ehr de schlimmste Gang noch bivöör. Se muss noch de Gendarms Bescheed geven un de Versekerung. „Hebbt se dat weer funnen?" freu de Gendarm sik mit ehr.

De Versekerung weer nich so blied daar mit. „Ihr ganzer Vorgang ist schon bearbeitet. Was denken sie sich eigentlich? Erst hü, dann hott. Wollten sie die

Versicherung betrügen?" Elfriede hett hier nich mehr naseggt, wat ehr passeerd weer. De harren ja glieks Lüü mit de Hab-mich-lieb-Jacken ropen.

Nu düüst Elfriede weer mit ehr Rad döör dat Dörp. Se passt aver mooi up, dat se dat nich weer achter lett.

Mit Bobbycar ünnerwegs

„Up wat för Ideen so Jungs kaamt, du kannst di dat nich vörstellen!" Stephan reeg sik noch up. Sien Kolleeg harr hüm daar en Ding vertellt, dat kunnst nich glöven.

„Wenn ik uns Bobbycar nu seeg, denn mööt ik daar bestimmt immer an denken un reeg mi up." „Nu schnack nich so in Raadsels. Dat mööt ja schlimm wesen, so as du tokehr geihst." „Jo," pluster Stephan sik up. „Wenn dat mien Kinner wesen harren, de harren mit 20 Johr noch welk vör de bloode Harrijasses kregen! Wo kann man blot up so en beschürten Idee kamen? Harr nich veel scheelt un dat harr en Minschenleven köst."

Andrea wuss immer noch nich, waar he sik so över upreeg. „Sett di hier bi mi hen. Ik vertell di dat Mallöör. Lukas, mien Kolleeg, keenst du doch. De is na en Unfallstee ropen wurden." Andrea verschruck sik: „Mit en Bobbycar? Mit en Kind? Dat is doch schlimm. Wo kannst du di so upregen?"

„Nee, pass up! Woll mit en Bobbycar, mit twee sogaar un mit twee Autos up Autobahn. Daar harren doch so jung Bötzen de Kinnerautos achter ehrns anbunden un up dat lütt Auto seet ok noch well. Nu fohren se en Rennen. Dat en Auto hebbt de Gendarms anhollen un bi de jung Lüü de Führerschien kassiert. Sogaar en Deern weer daarbi." Schüddelkoppend seet Andrea daar un kunn dat nich begriepen. „Is de Fend achtern up de Bobbycar denn wat passeerd?" Andrea weer al glieks besörgt. „Nee, de amüseeren sik ok noch daar över, wat se maakt harren. Se funnen dat lüstig."

Allerdings weer de Führerschien eerst maal futsch." „ Dat deit ehr good. Wat maakt de ok so en Blöödsinn." Andrea wull ehr Arbeit wieder maken. Soveel Tied to sitten günn se sik nich. Dat ganze Avendbroodgeschirr stund noch in Köken. Glieks mussen ehr beid Kinner in Bedd. Malte weer woll satt, aver Marita muss ehr Bree noch kriegen. Irgendwenner schull denn ja ok Fieravend wesen.

„Pass up, dat geiht ja noch wieder." Andrea wunner sik: „Reicht dat noch nich? Wat hebbt de denn noch dreven?" Se kunn nich glöven dat Minschen sowat deen. „De Gendarms harren ehr all tomaal in en Streifenwagen verfracht un fohren mit ehr up ehr Kontoor an. Ünnerwegens drepen se up en Unfall.

De Deern harr glieks losjöselt: „Dat is mien Fründ! Dat is mien Fründ!" Se sünd mit ehr hen un richtig un good. Dat weer de Gegner van dat Rennen. He is woll to flink ween un de Bobbycarfohrer leeg nu schwaar verletzt up Stroot. Blot de Fohrer weer weg! De Fründin kunn nu wenigstens seggen, dat dat Justin Stürmer weer. Denn harren se al maal en Naam. Se wuss sogaar well dat Auto hör. En Jonas Sorbach.

Se maken sik up Söök na de Fohrer.

Ünnern in de Strüker kunn man sien rood Hemd lüchten sehn. He harr so en Nood, dat he sien besten Fründ to Schanden fohren harr. De Angst kunnen se hüm woll nehmen. Aver wecker Düvel ehr reden harr, dat se de Bobbycars achter de Autos to binden, wussen de Gendarms immer noch nich. Jonas keem tosamen mit sien Kumpels in de Streifenwagen. De begröten hüm as en Held.

Do kregen de beid Wind van vörn. Betty un Jonas harren Justin daar up Stroot liggen sehn. Se harren woll begrepen, wat se maakt harren. Blot een so en Schlaumeier weer daar bi, de klopp immer noch Sprüche. Up de Fraag van de Gendarms, wieso se dat maakt harren, geev he to Antwoord: „ Wi wullen wat los maken. Is ja all so spießig! Un dat hebbt wi nu ja schafft." De Gendarms hebbt woll nich wusst, wat se to so veel Unverstand seggen schullen. Mien Kolleeg reeg sik daar düchtig över up. He meen, de Bengels schull man sien Leev kien Führerschien weer geven.

Wegen ehr sett de Füürwehrlüü ehr egen Leven up Spiel. Dat köönt wi nich hoch genoog reken. Ok wenn so Dussels mit Bobbycar ünnerwegens sünd. Ik hoop, dat uns Kinner nie up so verrückt Gedanken kaamt."

Oma Leni

„Hebbt ji al en Geschenk för Oma Leni to Geburtsdag?" Stephan sien Mama keem bi ehr an to fragen. Andrea segg glieks: „Dat sünd doch noch veer

Week hen. Daar hebb ik noch kien Gedanken an verschwend. Waarüm fraagst du? Hest du en Idee?"

Do vertell se, wat passeerd weer. Oma ehr elektrisch Teestoov weer explodeert. Dat mooi Ding harr siet Johr un Dag up en sülvst häkelt Deken in Eck up Köhlschapp stohn. Daar harren Stephan un sien Bröör al as Jungs vör stohn. Dat Lucht harr immer so mooi rosa lücht un ok noch de Teepott warm hollen. Bi Oma suus de Teekedel immer up Ovend.

Nu weer dat Teestoov explodeert. Dat mooi Häkeldeken weer kaputt un de Abdeckplaat van de Köhlschapp weer ok verkokelt. De harr Stephans Vader al uttuscht mit en, de he noch up Böön harr. En elektrisch Teestoov geev dat nich weer. Nu harren se

Sörg, dat de Ümgang mit Teekersen ok maal daar tegen gung.

„Passt up un nu hebb ik mi överleggt, dat ji Jungs mitnanner jo Oma woll en dübbelwandigen Teepott schenken kunnen. de sünd nich so billig, aver wenn ji tohoop leggt un wi noch wat daar to doot, muss dat woll klappen. Vör allen Dingen bruukt wi kien Angst hebben, dat se ehr Tohuus affackelt.

„Ik hebb letztens mit Lisa un Rolf schnackt. Se weren bi Oma up Visit ween," vertell Stephan do, „ dat sünd ja Landnavers. Lisa kunn dat vör lachen bolt nich ruut kriegen: Tant Leni düüs mit ehr Rollator döör de Gegend un wat harr se daar in? Twee loos Schluckbuddels! Wi hebbt daar düchtig van lacht! Se harr woll Visit hat avend vörher un de letzt Schluck utschunken."

Se ünnerhollen sik noch länger över Omas Nücken. Se maak jeden Dag en Zimmer rein un Köken muss Saterdaags reinmaakt werden, ok feideln weer ganz wichtig, of dat nu noodwendig weer oder nich. All amüseeren sik ok daaröver, dat se immer ehr Blömen utplüsen de. En grönen Duum harr se. All weren aver blied, dat se sik mit ehr knapp achtzig Johr noch so good helpen kunn. Nu stunn bolt de Geburtsdag an, denn geev dat woll Ünnerstützung.

Oma freu sik över ehr nejen Teepott. Se meen, of sik so en nobeln Teepott noch lohn för ehr old Tant. „Aver ji willt ok ja wat arven!" keem daar do noch achter an. Dat weer Oma Leni.

Timpis leevsten Platz

Mit Waschköörv ünner d´ Arm gung Andrea van Ruum to Ruum un sammel all de Utrieters in un verdeel se ok glieks weer. Se fung in Stuuv an, waar se de Sofaküssens liek look un de Krömmels rünner wisch. Dat Speeltüüg un ok de schidderg Lappen wandern in Wäschekörv.

Nu gung se döör de Flur na boven. Hier leeg ok noch Lego un lütt Autos van Malte. Stephans old Zeitung wander in de Körv to de Beerbuddel ut Stuuv. Nu graad na boven. De Betten maken. Eerst in Maltes Kinnerstuuv, hier harr se noch Lego un Autos in to sorteeren. Daarför leeg sien Tüüg van güstern hier noch. Bi Marita muss se mehr mitnehmen. Dat schidderg Tüüg un ok de Emmer mit de Schiedeldöker mussen ruut. De keem as eerst na buten tosamen mit de Afgefall ut dat Baadzimmer. Nu noch Maritas Bedd frisch betrecken un ehr egen Schlaapkamer uprümen. De Sammelköörv weer ok vull.

As eerst gung Andrea nu noch in Köken vörbi un sammel Tassenhandook un Schöddeldook in un nu ab in Waschruum. Timpi, ehr geeltigerten Kater, röön ehr al de ganz Tied vör de Fööt rüm. De luur up sien Fernsehprogramm.

Andrea sorteer de Wasch glieks in de Waschmaschin un in de Waschköörv. De old Zeitung leeg se daar boven up. Mit en frischen Lapp gung se nu in Stuuv to Disch afwischen un denn mit Huulbessen daar döör. Af un to kontrolleer se de Waschmaschin. De wusch mooi för sik hen. Timpi weer dat Fernsehprogramm langwielig wurden un leeg daar nu boven up un schleep sien Best. He föhl sik so richtig woll. Am besten gefullt hüm, wenn de Maschin schleuder. Denn weer dat olle Ding van Waschmaschin so recht in Bewegung.

Andrea hoop jeden Dag, dat he sien Deenst noch wieder de. Vandaag fung he so richtig an to wandern un dreih sik üm sik sülvst. Daarbi stööt he immer weer to de Fliesen in. Andrea harr Nood , dat ehr de bi Stücken daal fullen. Sogaar Timpi weer flücht un un keem bi ehr an jaulen. Nu harr Andrea de Nöös vull.

Se wusch kien tweden Maschin mehr. Van avend schull dat eerst maal in en Elektromarkt gohn. Stephan wull se in Middagspaus Bescheed geven, wat hüm bevör stunn. Van namiddag muss se sik denn na en Babysitter ümkieken. Ehr lütten Schlauschnacker Malte wull se nich mit hebben. För Marita weer dat sowieso nix.

Andrea weer namiddags in´t Internet an stöbern. Se wull wöten, waar se günstig en goden nejen Huushaltshülp kregen. Stiftung Warentest hulp daar düchtig mit. Se söög sik en Markt ut waar mehr anboden wurren un Kinner kemen na Oma un Opa.

Dag later weren se Besitter van en nejen Waschmaschin. De Markt entsorg de old! Kundendeenst nöhmen se dat. Se leet sik de verklaren un laad de glieks vull. In en Huushollen mit twee lütt Kinner fullt jeden Dag wat an schidderg Tüüg an. Af un to hör man maal dat susen van Water, nich maal dat schleudern kreeg man mit. Dat neei Familienmitglied stunn daar an sien Platz un de flietig sien Deenst.

Eenzigst de daar nich mit tofree weer, weer Timpi. He kunn woll Fernseh kieken, aver so en Intensivmassage bit Schleudern geev dat nich mehr. Dat mööt hüm woll recht good doon hebben. Recht vörwurfsvull jauel he Andrea dat vör. De leevst Platz is dat aver bleven.

Sünnermarten

Siet Sömmerferien gung Malte in de Kinnergaarn. He harr sik daar glieks woll föhlt un sien Mama nich nablarrt.

Bi de eerst Öllernavend geev dat en Upgaav mit na Huus. Se schullen doch bitte en Buddel van flüssig Waschmiddel oder Weekspöler mit in de Kinnergaarn bringen. Tied bleev de Öllern bit Midden Oktober. Se wullen daar denn mit bastelln.

„Denn mööt ik noch weer bi de gele Sack. Ik hebb daar vörgüstern en Buddel inschmeten." see Andrea glieks to Stephan. „Dat dürrt ja, bit ik so en Pott vull los hebb." Se harr ja Glück, dat de Sacken eerst moorn afhaalt wurden.

In Huus holen se glieks de gele Sack van d´Stroot un de Buddel daar ruut. De schull eerst reell schrubbt werden. De weer alles, aver nich rein. Joghurtbekers un Fischdösen harren good mithulpen. Dat kunn Andrea moorn noch maken.

So weer Malte dat eerst Kind, wat stolt sien Buddel in de Kinnergaarn mitbringen de. All weren gespannt, wat daar mit passeeren schull. Dat truck sik en ganz Sett hen. Immer broch en Kind maal weer en Buddel mit, maal mit en grönen, mit en lilo oder orangen Deckel. Sogaar rood, blau oder geel weren daar bi un de Buddels harren all en ünnerscheedlich Förm.

Mit Argusogen beobacht Andrea, wat in de Kinnergaarn passeer. Se wull ok nich fragen. Midden Oktober keem Malte weer un sung all vör sik hen: „Laterne, Laterne, Sonne, Mond und Sterne. Bum, bum, bum. Nu gung Andrea ok en „Laterne" up. Weer ja bolt Martini. De Kinner wullen bestimmt mit de Buddels Laternen basteln. Daar weer se gespannt, wo de utsegen. Nu gung se jeden Dag eben kieken, of sik woll wat de.

Enes Middags wurr se belohnt. De eerst Laternen weren klaar. Se segen ut as so Fisken. De Buddels harren Ogen un Flossen kregen un weren mit Buntpapier bekleevt. Denn weren se noch bunt anmaalt.

De Öllern un Geschwister kregen en Inladung to en Laternenfest an de 8. November. Denn wullen se en Ümtoch döör de Straten maken un daarna heten

Kakao un Tee drinken. Sülvstbackt Brood van de Kinner un Würstchen luren ok.

Veel Kinner mit ehr Mamas un Papas tummeln sik up de Parkplatz. All Kinner wiesen blied ehr Luchten. De Buddels weren nu mit LED- Luchten belücht. Daar danzen ganz veel Fisken rüm.Sogaar för Marita harr Andrea en bastelt ut en Majonäsetuuf. De harr se ok bekleevt un bemaalt un ok lütt Kersen indoon. De lücht genauso mooi as de groten van all de anner Kinner, un se kunn ok noch sehn, wat in d´ Kinnerwagen passeer.

Ünnerwegens sungen de Kinnergaarnkinner ehr ööft Leder: Laterne, Laterne oder Durch die Straßen auf und nieder. Aver ok de Öllern wurden upfördert to singen: Martinus Luther war ein Christ un zu Eisleben geboren. En Handörgel ünnerstütz ehr düchtig.

An Sünnermartensdag truck Andrea mit ehr Kinner up Naverskupp van Huus to Huus. Överall wurr Malte sien mojen sülvstbastelten Laterne bewunnert. He kunn de as so en lütten Tasch in Hand hollen un de schaukel nich an en langen Stock hen un her. Brandgefohr bestund ok nich! Bi jeden Huus heims he Schlickers in, un dat Spaarswien wurr düchtig fouert. De lütt Steppke wurr mööi mit sien lüttje Benen. Sien lütt Süster schleep ehr Best in ehr Küssens.

Anner Dag wullen Andrea un Stephan mit ehr Kinner na de Grootöllern hen.Ok hier schull he denn sien Laterneleed „Mien lüttje Lateern" singen. Dat kunn he so mooi!

Winterbesöök

Andrea harr ehr Kinner good verpackt, Malte in sien Buddelanzug un Marita leeg mooi warm in ehr Sportwagen. Nu weer se in in ehr Tuun an't wöhlen. De Stauden mussen beschneden werden un ok de Blööd wull se binanner harken. De Sünn schien so mooi.

Malte weer düchtig mit sien lütten Hark un Kaar an binanner maken un wegfohren na de Komposthopen. Andrea dach so bi sik, wenn de Kinner nich an schnötern weren, hör man hier kien Pieps in Tuun. In de letzt Johren weren hier immer Bookfinken un Roodkehlchen rüm hüppkert. Se harren immer de

Tieken uppickt. Nu fehlen ehr de recht.

Se weer an överleggen, wo se de lütt Piepmätze weer an't Huus kreeg. Se wull ehr Kinner doch all de verscheden Vögels wiesen könen, de dat so geev. As eerst muss Stephan nu ran un Nistkastens bouen, de schullen in de Bööm hangen. Holt leeg in d` Schuppen noch genoog. Viellicht kunn Malte hüm sogaar al en beten helpen. Se wull de denn anmalen. Teihn Daag later hungen twee mooi bunt Nistkastens in ehr Obstbööm. In disse düster Daag weer dat en rechten Zieraad in Tuun.

Dat dach sik ok woll en Katteker. Enes Daags turn he daar vöör rüm. Schull he en neei Tohuus söken? Ok Malte harr hüm entdeckt. He seet nu blot noch vöör de Terrassendöör un beobacht de. Ganz ruhig seet he un trou sik nich, sik to rögen. Dat weer doch to spannend. Malte harr hüm sogaar al döfft: Pumuckl schull de rode Racker heten. „Mama, wat frett so en Katteker? Wi hebbt de Vögels wat in de Bööm hangen, denn mööt de ok wat kriegen." „De mach gern Nöten un Kastanien un ok Appel. Ik hebb noch överjohrig Nöten. Ik kann ja maal en paar up de Müürkant leggen." Andrea harr sik al schlau maakt. Egentlik harr se de Nöten to dekoreeren bruken wullt. Aver Malte seet mit soveel Vergnögen vöör dat Fenster.

Dat düür nich lang un de Klautermax seet un puul sik de Nöten ut. Dat weer so pläseelk. Nu kreeg de Katteker jeden Dag sien Mohltied. He turn daar an Boom rüm un verschwund denn in sien neei Tohuus. All wat Pumuckl rünner schmeet wurr fein sauber uppickt van en Amsel. För de harr Malte ok en Naam: de schwart Peter.

„ Mama, ik wööt waar Nöten wassen doot. Denn köönt wi Pumuckl mehr geven." meen de lüttje Keerl. Andrea muss hüm upklären: „ De drööft wi nich so düchtig fouern. He schall sik buten ok noch wat söken, anners verlehrt de dat. „Mama, aver bi Oma wasst aver doch de stiekelig Nöten. De köönt wi doch upsöken." Eerst wuss Andrea gar nich wat he meen. Do fullt ehr in, dat daar türkischen Hasel wuss. Se wull Malte ruhig söken laten. Denn harr he en Upgaav sik üm de Katteker to kümmern.

Nu harr de lütt Bödel moorns kien Tied mehr to fröhstücken. Eerst schull Pumuckl wat kriegen. Jeden Dag turn de rode Racker bi ehr vöör dat Fenster rüm. He joogg de Vögels oder se spelen mitnanner.
In de Strüker hungen nu överall Meisenknödels un sobold dat Sneei geev, wurr up Rasen en Stee fegt un Karns utstreet. Ok Erdnöten to utpulen un Appel kemen daar to. Sogaar de Wiehnachtsboom wurr na de heiligen drei Könige buten noch maal upstellt. Malte un Stephan hungen daar sülvstmaakt Meisenknödels, Flomen, Speckschwaren in. Af nu weer richtig wat los bi ehr in Tuun.

Token Vörjohr much de Katteker de Nistkasten ja woll weer rümen. Daar sullen egentlik Vögels in to bröden.

En Leven lang tekend

„Moin Susanne!" sprook Andrea ehr Naverske van achtern an un tipp ehr up Schuller. So dreih de sik üm un wenn Andrea sik nich so flink bückt harr, harr se en blau Oog hat. „Oh Gott! Andrea! Musst entschülligen. Mi dröfft man nich van achtern anfaten. Deit mi leed." All beid stunnen se daar trillernd binanner un doch wat witt üm Nöös.

„Hest du en Moment Tied? Denn laat uns daar vörn eben en Koffie drinken. Ik will di denn ok vertellen, waarüm ik en so verdreiht Heft bün." Susanne duur dat düchtig, dat se binahst Andrea hauen harr. Andrea nehm sik de Tied. Se weer ok neeisgierig, wat Susanne ehr to vertellen harr. Normaal weer dat ja nich. So seten se glieks daarup bi Koffie un Kook binanner.

Susanne vertell: „Ik hebb vör veel Johren maal in en Spielothek arbeid un bün överfallen wurden. Dat sitt daar bi mi noch so deep in. Mien Familie spreckt mi nich van achtern an un packt mi ok nich an, wiel de dat wööt. Ik kann denn för nix garanteeren. Ik hebb woll en Therapie maakt, aver dat wurrst sien Leev nich weer los."

„Wat is di denn genau passeerd?" Nu wull Andrea dat genau wöten. „Ja, ik maak immer de Avendschicht. Dat weer egentlich en mooi arbeiten. De Gasten weren nett. Ik bruuk blot Geld wesseln un Koffie koken oder kolt drinken utgeven. Alkohol geev dat nich. Do drüff man ok noch binnen schmöken. So lang is dat al her. Ik muss dat all mooi schier hollen. Enzigst wat ik nich drüff, ik drüff nich an de Speelautomaten spelen.

Enes Avends, ik weer an afwaschen un stunn mit Rügg na de Ingangsdöör, keem daar en rin, de mi van achtern angreep. He holl mi en Pistoll in Rippens un verlang dat gesamte Geld ut Kass van mi. Daar weren knapp 2000 Mark in. Ik harr dat Wesselgeld ja all. Dat muss ik na Fieravend bi de Bank vörbi bringen. Angst hebb ik bit do nich keent! Nu wull de Keerl dat ganze Geld hebben.

Ik hebb mi so verschrucken. Daarbi mööt ik mi schlimm in dat Messt schneden hebben, wat ik in Hannen hullt. Dat hebb ik mi so in Hand jaagt. Blood sprütz överall hen. Dat seeg ut as na en Swien schlachten. Mit mien Hand weer ik sogaar hen to naihen. De Naar kannst noch sehen.

Ik mööt woll schlimm giert hebben. Achtern up Klo weer noch en Gast, de dat hört hett un na vörn kamen is. De hett denn stiekum de Gendarms ropen. Do weer de Station noch tegenan. Datt weer dat eenzigst good daar an.

De olle Keerl bölk mi de ganz Tied an, ik schull hüm dat Geld geven: „Mach die Kasse auf! Mach die Kasse auf!" Mi leep dat Blood aver doch. Do weren de Gendarms endlich daar un kunnen de maskeerd Räuber glieks in Gewahrsaam nehmen. Bloot mi is dat nich in Plünnen behangen bleven. Ik lied daar vandaag noch ünner.

De Spielothek seeg ut! Dat glöövst du nich! Man sütt dat ja woll maal in´t Kiekkasten. Weken hett de Spielothek dicht ween. Dat muss all renoveert werden.De Versekerung hett dat veel Geld köst."

„Un du? Weerst du krank schreven? Kunnst du daar denn weer arbeiten?" Andrea harr mit open Mund Susanne toluurt. Se wull nich mit ehr tuschen. Up so en Beleevnis kunn en good up verzichten. „Jo, ik weer lang krank schreven. Ik hebb denn noch versööcht, daar weer to arbeiten. Daar kunn ik aver nich alleen wesen. Do hebb ik künnigt. Van de Versekerung hebb ik noch wat Schmerzensgeld kregen. Dat lohn sik aver nich. Bi de Fend weer ja nix to holen. He drüff sik allerdings achter schwedisch Gardinen överleggen, wat he utfreten harr. De mach ja woll to Verstand kamen ween. Hööpnung starvt toletzt!"

Andrea kunn nich faten, wo diecht bi Mord un Dootschlag weren. Man schoof dat immer so wiet weg. Susanne bewunner se, dat se daar doch enigermaten mit ümgung.

Leestieden bi Kersenschien

To geern schnüster Susanne in en Bokenladen. Andrea gung dat nich beter. Ditmaal wull se aver en Geschenk söken. Irgendeen mooi Book för ehr Groottant Stine. Se wull daar disse Daag maal mit ehr Kinner hen.

Man muss sücke Tanten warm hollen. Tüschenin keem se ok maal un maak Flickarbeiten. Daar stunnen Andrea de Fingers nich so na. Meest bleev se denn över middag un drunk noch mit Tee un weg weer se denn weer. Andrea seet denn mit dat repareert Tüüg. Noch truck Malte dat ja an. Aver Stephan sien Arbeitstüüg oder maal en Reißverschluß oder Knoop, all muss nakeken werden.

Mitnanner stunnen de beid jung Froolüü vör de Stopel mit de Gedichtbannen. Susanne harr daar al in blödert. Se lees so geern Fontane sien Ribbeck auf Ribbeck im Havelland oder van de Wiehnachtsmuus van James Krüss. Daar fullen ehr noch mehr in. Am leevsten seet se denn bi Tee un lütt Koken un Kersenschien. As ehr Deerns, Saskia un Katja noch lüttker weren, harr dat richtig gemütlich ween.

Se harren denn ok Kinnergeschichten lesen, Nu weren ehr Youtube wichtiger un se rönnen blot noch mit Stöpsels in Ohren rüm.

„Ik wull mi wat goods doon in de Adventstied." vertell Susanne. „Dat is ok maal en mojen Idee. All verscheden Gedichten. Schull Tant Stine de ok mögen. Anners hett se immer en plattdüütsch Book kregen. Ik versöök dat maal!" Andrea freu sik över disse besünner Fund.

Se keken noch wat bilang un tomaal fullt Susanne en Book in't Oog: „ Kiek maal, hest du dat ok beseten? Dat schient se neei upleggt to hebben. Sücht ut as mien fröher." „Jo, dat hebb ik ok hat. „De Struwwelpeter", de hebb ik lesen, bit he utnanner fullt. Mien Kinner schöölt nahst ok noch en kriegen. Noch sünd se to lütt."Andrea weer blied.

„Ik lees Malte nu al anner Geschichten vör. Tüschenin luurt Marita ok al mit. Üm Wiehnachten söök ik al na passend Vertellsels."

„Mama, wat hest du daar denn köfft? Well schall dat denn hebben?" Saskia un Katja wunnern sik över de Struwwelpeter. „De hebb ik för uns köfft. Ik will de sülvst maal weer lesen." „Mama, backst du weer lütt Koken un denn leest wi weer tosamen bi Kersenlucht. Dat weer immer so mooi!"

Dat de beiden daar noch Lüst to harren. Anners blot wum- wum- wum up Ohren un nu dat?

In ehr Bökerregaal fund Susanne noch Pixiböker van ehr Deerns. De vertellen Wiehnachtsgeschichten. „Saskia, Katja, willt ji de noch hollen?" „ Nee, dat sünd ja Babyböker. De bewohrst du noch up? Schmiet de man weg!" Saskia weer daar ganz rigoros. „Ik hebb en annern Idee. Malte un Marita köönt de noch mooi lesen. Ji hebbt de ja mooi uppasst. Sünd ji daar mit inverstohn?" In Papiertünn hulpen de nüms. De beid Deerns harren nix daar tegen.

Andrea freu sik, dat Susanne ehr de lütt Böker tokamen laten wull. „Drööf ik mi de moorn vörmiddag holen oder wullt du bi mi kamen? Malte, de lütt Nööswater, is denn nich daar to fragen. Viellicht kann ik daar noch en Överraschung van maken." So kreeg Susanne anner Dag Teevisit. „De lütt Böker sünd ja noch so mooi, as wenn se ut Laden kaamt. De gifft dat in Adventskalenner un to Nikolaus. Wat kriggst du daar för?" De schullen de beid lütten so kriegen.

An Nikolaus maak Malte groot Ogen. So en lütt Book för hüm. Dat muss Mama hüm glieks vörlesen. Dat vertell van de Nikolaus, de bi Sneei un Koll up en armen Mann dreep. De harr nich recht wat an un daar deel he sien Mandel mit hüm. Dat gefull de lütt Kerl so good, dat hüm dat immer weer vörlesen werden muss.

Twee Daag later, an Maritas eersten Geburtsdag kreeg he noch so en lütt Book. Ditmaal vertell dat van de Adventskranz un dat de al maal 24 Kersen hat harr un toletzt blot noch de för jeden Sönndag över bleven. Malte staun: „Boah, Mama! De is aver groot ween! Jeden Dag en Keers! Willt wi dat nich ok maal maken? Soveel Kersen laat doch mooi!"

Susanne harr för ehr Deerns blot Böker hat van de Geschicht üm Nikolaus un Wiehnachten. Dat darte Book weer nu ganz wat anners. Dat vertell vertell van de Wiehnachtsbackeree. Andrea weer nu al gespannt, wo Malte daar woll up reageer.

De lütt Böker weren so mooi. Jeden Avend mussen de nu lesen werden. De armen Mann in Sneei un Koll duur Malte immer weer. He wull hüm ok halv van sien Mandel afgeven. Sogaar bi de Wiehnachtsbackeree hulp Malte un harr daar veel Spaaß an.

So wurr ut de lang Vörwiehnachtstied en spannend un lehrriek Tied. Dat murk he aver eerst later.

Backen mit Oma

Elfriede weer mit Malte an lütt Koken backen. Oma harr hüm dat versproken. Dat Utrullen un utsteken weer en langwierigen Geduldsarbeit. Andrea ehr Arbeit weer dat nich, un se harr ehr lütt Marita ok noch.

De gröttste Spaaß harr Malte bi´t glaseeren. He maal de so richtig an un bestreei de Koken mit bunten Streusel, Mandeln oder Hagelzucker. Daar land noch veel up Footbodden. De weer al so richtig bunt. Dat kunn man aver weer rein maken.

De mooi Kokenbüssen füllen sik denn doch. Malte muss de rohe Deeg mit sien lütt Fingers immer weer probeeren. Dat gung solang good bit Oma hüm dat verbeden de. Ok de warm Koken schullen glieks in de lütte Muusmöhlen. He kunn de Tied nich aftöven. Se

63

wullen de glieks mit Opa pröven. Ennelk backen de letzt Koken in de Backovend: luter Steerns, Harten, Dannenbööm un Engels.

Ding, dong pingel de Döörglock. „Well kummt nu denn in uns Saustall? Ik kann egentlik kien Visit bruken." Daar weer aver de Postbood un harr ehr en frömd Paket todacht. Frünnelk beliekteken Elfriede hüm dat Padd na de rechte Adress. Dat dürr en lütten Moment.

Elfriede keem weer in Köken un wuss ehr wunnern kien Enn. De Disch weer uprüümt un ok afwischt. All Backtodaten weren verschwunnen. Waar weren de denn tomaal bleven?

„Oma, ik hebb al uprüümt, wenn Visit kummt. Denn köönt wi Tee drinken mit Opa." „Malte, waar hest du dat denn all hendoon? Dat weer doch schidderg Plötz un Mehl un Zucker. Denn all de Streusel un de Zuckerguß. Waar is dat?"

Elfriede keen ehr lütten Uprümer. De Schappdöör open un man rin. Nu muss se blot noch söken, achter wecker Döör. „Oma, dat hebb ik in Spöölmaschin packt. Dat mööt doch rein." Elfriede klapp de Spöölmaschin open. Daar weer dat all övernanner in schmeten. Sogaar en lütten witten Stoffschicht ut Mehl leeg överall över. De Zuckerglasur kleev an de Mehldöös. Dat kunnst aver afwischen. Se sorteer de Saken ut un stell de Plötz ördentlich in de Minna. Weer noch maal good gohn.
En beten stolt weer se doch up de lütt Bödel. Dat harr

he immer bi ehr lehrt. Wenn dat Middag geven schull oder Avendbrood muss eerst uprüümt werden: Dat Speeltüüg in´t Schapp un de Bauklötze in de Kasten. Weer doch mooi, wenn wat so fruchten de.

Nu schull dat denn aver Tee geven un Opa muss de Koken pröven. Un wehe he mecker mit ehr!

Heiko´s Angebot

„Wöötst du wat Heiko mi vandaag anboden hett? Een Swien! Ik muss blot en söken, de dat mit mi deelt oder dat komplett sülvst hollen." Stephan keem weer van Arbeit mit de Naricht un wuss nich, wat he daar van hollen schull.

„Oder köönt wi dat komplett bruken. En Schlachter kunn he woll vermiddeln." Andrea harr daar ok al maal weer över nadacht. So wussen se waar dat Fleesch her keem, wat se eten. Se wullen tüschenin ok ja noch maal Geflügel oder sowat eten.

„Hett he dat Swien denn sülvst fouert? Oder wo kummt he daar bi?" Andrea wunner sik. Heiko weer ok doch kien Buur. „Jo, he fouert bi sien Schwegerollen in Schüür immer en paar Swien groot. He köfft de as Biggen un dat Frücht för dat Mehl köfft he ok to. He mahlt dat sogaar noch bi sik up de Hoff. De hebbt ehr Reef woll noch stohn." „Dat vertell blot Malte nich, denn mööt ji daar moorn hen to kieken. Ik hebb aver en Idee, well viellicht en halv Swien afnimmt. Mien Öllern eet ok ja gern Fleesch oder Susanne un Heino."

Andrea dach al glieks wieder. „Daar roop ik glieks eben an un vertell dat. Denn köönt se sik beschnacken." „Jo, dat do man. Mien Moder bruukst gar nich fragen. Se hett letzt noch seggt, dat se all weniger Fleesch bruken."

Elfriede un Bernd wullen blot en frischen Braa van hebben. Se reduzeeren ehr Fleeschbedarf ok. Denn wullen se Susanne un Heino wat goods doon. „Dat klingt good!" weer Susanne ehr eerst Reaktion. „Ik schnack mit Heino, wat de meent un denn meld ik mi moorn weer." Dat düür gar nich lang, do rappel de Klönkasten weer. „Hier is Susanne. Heino weer Füür un Flamm. He froog, of wi ok Wurst kriegen kunnen?" Sowiet harren se noch gar nich dacht.

Andrea un Stephan weren sik enig, dat se dat beten Wurst, wat se bruken, tokopen wullen. Stephan wull aver moorn nafragen. So kemen se to en halv Swien. Bestellt weer dat, Heiko wull anropen, wenner se dat afholen kunnen to verpacken. Jeden Dag luren se.

Andrea harr al Nood, dat dat Stephan sien Geburtsdag levert wurd. Ennelk! Een Dag vör de Geburtsdag, midden tüschen Torten backen un Eten vörbereiten, bimmel de Klönkasten.

„Moin, hier is Heiko! Waar blievt ji? Ik sitt to luren, dat ji jo Fleesch holt." Andrea fullt ut all Wulken! Dat kunn se gar nich bruuken. Dat nu! Heiko harr doch froh genoog Bescheed geven wullt un nu? Se harr kien Gefrierbüdels in Huus. De muss se noch kopen. Un moorn weer ok Arbeit genoog. So, nu kört överleggen.

Am besten fohren de Mannlüü hen to Fleesch holen. Se wull glieks bi Susanne anropen. „Hest du dien Fleesch noch nich an Siet? Ik hebb dat van moorns al up Tied holt. He harr jo ok anropen, hett he mi vertellt." „Ik stoh hier midden manken mien Geburtsdagskoken un hebb noch nich maal Büdels in Huus. De hebb ik vergeten." Susanne beruhig ehr: „Heino un ik kaamt her. Denn köönt de Mannlüü dat Fleesch holen. Ik help di denn, dat du dien Wark up Rieg kriggst." Susanne wuss, wo Andrea sik föhlen muss. Se kunn nu Hülp bruken. Stephan un Heino maken sik up Padd. De Mannlüü wurren noch bi Aldi rinschickt. Daar weer noch open. Nu kunnen se inpacken.

Andrea versörg ehr beid Kinner un denn stunn ehr noch en drocken Avend bevör. Ehr Koken weren nu in Köhlschapp to köhlen. Nu noch graad de Disch un dat Schapp afwischen. De Mannlüü weren seker glieks weer daar.

Mit hochroden Kopp stunn Andrea mit ehr groot scharp Messt to Fleesch updelen. Dat schull ok ja passen, dat se genoog in Pott kregen. Schnitzels tell se glieks welk af. De schullen noch braden werden. Susanne harr ehr ehr Rest Tuffelsalaad mitbrocht un Pommes weren ok noch in Truhe. En Paar Poggenstöhl daarto, dat weer en lecker Mahl.

Nu wurden all anner Fleeschpaketen afpackt, Braden, Speck, Ripp, Kotelett, Knaken. Sogaar frisch Wurst geev dat. All veer packen mit an. En beschriftde de Büdels, de anner befüll un de veerde maak de mit en Gummiring dicht. Se seten aver trotzdem bit bolt elf Ühr daar bi.

All Fleeschballies weren los un rein. De Disch un dat Schapp ok weer afwischt. Blot de Footbodden muss moorn froh noch upwischt werden. Denn maak Andrea sik an´t Schnitzel braden. So langsaam hung ehr de Maag ok in Kneeikehlen. Graad stunn Eten up d´ Disch. Gemütelk seten de veer nu binanner to eten un ok drinken. Ditmaal geev dat aver kien Schlachtergrog sünnern Beer un Wien för de Damen. Dat wurr Middennacht .

Nu muss Stephan noch en Geburtsdagsschluck utgeven. Üm halv twee gung en drocken aver toletzt gemütelken Avend to Enn.

Neeijohrskoken backen

Dat weer tüschen Wiehnachten un Neeijohr un na good oostfreesk Tradition wull Andrea Neeijohrskoken backen. Se harr de Mengsel al ansett, dat de al wat dejen kunn. Wenn ehr beid Lütten, Malte un Marita in Bedd weren, wull se flietig bi. Andrea seet noch kien halven Stünnen to backen, dat leep ehr jüst so richtig fleidig van Hand, do geev dat en Stichflamm un all weer dat düster.

De Kiekkasten see nix mehr, de Wiehnachtsboomluchten weren ut un all annern ok. Nichmaal de Uhr in ehr Backovend lücht noch. Stephan stunn bi ehr. He reet man so de Steker ut de Steekdöös. „Wat weer dat denn?" froog he. „Ik kiek maal mit Füürtüüg of de Sekerungen all d´rin sünd." Düür man eben un se kunnen weer sehn, wat se seggen.

Dat oll Neeijohrsiesen van Oma Käthe weer schwart! Daar kunn Andrea nich mehr mit wiederbacken. Un nu? „Nu settst du di flink in Auto un fohrst na ´t Koophuus un köffst di en neei. Noch sünd de Ladens open!" Stephan nehm Andrea de Entschedung af.

Ruckzuck weer Andrea weer torügg van ehr Inkoop. Dat Glück weer ditmaal up ehr Siet ween. De Laden harr noch genau twee Hörnchenautomaten, so heet de Neeijohrsiesen up hochdüütsch, hat. En Raad geev dat ok noch mit up Padd: „Versöök dat bi de Versekerung to melden. Viellicht hest du ja Glück. Dien old is ja ohn dien Todoon kört gohn."

In Huus maak Andrea sik glieks weer an´t Backen. Se harr ja al Tied genoog verloren. Stephan wart nu ok noch mit en Överraschung up: „Ik hebb bi dien Öllern anropen un van uns Verdreet mit dat Neeijohrsiesen vertellt. Du kriggst glieks Hülp!" „Dat glöövst du doch woll sülvst nich! De sünd blied, wenn se ehr egens klaar hebbt." Andrea wull dat nich so recht glöven. Se keen ehr Ollen.

Dor pingel dat an Döör un well stund daar vör? Andreas Mama un Papa mit Inkoopskörv. Daar drogen se ehr egen Neeijohrsiesen in spazeeren. Nu gung dat rund mit twee Iesens: de Koken flogen man so över d´Disch. De Frolüü backen un de Mannlüü mussen rullen un falten un wegrümen. Dat en Iesen back mit en Waffelmuster un dat öller Isern back mit dat moje ostfreeske Wappen. Nu maken de Koken ok noch recht wat her. Wat nobel!

Stephan maak tüschenin Tee. Denn muss Andrea aflöst werden. Ehr lütt Pupp verlang ehr Recht. Andrea versörg ehr mit ehr Buddel un en nejen Pampers. Nu drüff se noch eben mit Oma un Opa schmusen. De jung Froo seet aver al weer an ehr Iesen. Nu leep dat Koken backen so recht. De groot Kumm vull Mengsel wurr immer minner. Tüschenin weer se al daar an erinnert wurden, dat se ok Neeijohrskoken mit en dünnen Bindfaden backen muss. Bi de Silvester- oder Neeijohrsfier drüffen de nich fehlen. De mussen aver in en extra Trumm verpackt werden.

Andrea harr al maal nafraagt, of se noch wat anröhren schull.De Neeijohrsiesens gleuhen, de Neeijohrskoken flogen deep. De Veer schaffen fix wat weg. Good twee un een half Stünnen verbrochen de Backers mit hochrood Köpp bi dat Koken backen. Denn harren se ehr Wark doon.

Se weren sik eenig, dat dat Neeijohrskoken backen to Veert doch mehr Spaaß maak un veel fixer van Hand gung. Token Johr wullen se sik ok weer tohoop doon. Een üm Anner Undöög ut fröher Tieden wurr to'n besten geven. Andreas Öllern wussen to vertellen, dat se fröher in de Silvesternacht ünnerwegs gohn weren un allerhand Schabernack dreven harren. So wurd alles, wat nich niet- un nagelfast weer, verschleept. De Mülltünn van de en wurr de anner Naver vör de Döör stellt, mit en Struukbessen wurr de Döör versperrt oder sien Ledder fund man denn ok woll bi de Naver weer. Man harr sien Wark bargen schullt!

Ehr Papa kunn sik besinnen dat bi ehr achter't Huus up en Neeijohrsmoorn tomaal en groten holten Döschmaschin stohn harr. He harr daar en Paar Week stohn, wiel de woll nüms vermissen de. Irgendwenner hett sik de Egendömer de denn weer afholt. He harr de up't Land ünner en groten Plaan stohn hat. De anner Kraam weren immer flink to kennen un wurden torügg geven oder afholt. Meest geev dat noch en Grog up to. Sükse Silvesterdeven wurden meest nich bestraaft, wiel sik allens weer infund. Harr eben Benen kregen un kunn lopen.

Man nu schull dat en Fieravendsgrog geven. Dat Backen weer so good lopen, dat se sik de verdeent harren.

Helma Gerjets

Die gebürtige Reepsholterin ist Mutter einer Tochter und wohnt in Hesel im Kreis Leer.
Schreiben ist neben dem Kochen ihr großes Hobby.
Hier liegt jetzt das 10. Buch vor.

Henning H. Hinrichs hat nun das sechte Buch gesetzt und somit den Druck vorbereitet. Ebenfalls fotografierte für dieses Buches.

Dank auch an ihn.

Andere Werke sind erschienen:

Kater und Stiekelswien
ISBN: 978 – 384 480 616

Is denn al Wiehnachten?
ISBN: 978 – 384 480 37 54

Mit Rieko und Fidi dör't Johr
ISBN: 978 – 384 823 188 67

Van't Eten un Drinken
ISBN: 978 – 373 228 476 4

Johann und Giesela – en Leevde
ISBN: 978 – 373 860 86 70

Neei Navers
ISBN: 978 – 373 920 50 14

Wort weer Wiehnachten
ISBN: 978 – 374 601 68 25

Familienbande
ISBN: 978 – 384 822 353 34

Höhnerklatsch
ISBN: 978 – 374 311 50 19